Aurélie Delahaye

Après une vie parisienne bien rangée, Aurélie Delahaye décide de remettre ses rêves au cœur de son existence et quitte tout pour vivre les pieds dans l'herbe, écrire et créer, avec d'autres, du lien social dans les campagnes. Elle a d'abord vécu dans des colocations à travers l'Europe puis a embarqué en mars 2016 dans un ancien camion de pompier aménagé, rebaptisé Ramdam, dans lequel elle a parcouru une bonne partie de la France. Elle a tiré de cette expérience son premier livre, *Embrasser l'inconnu* (Anne Carrière, 2019), puis *Tu veux vraiment t'installer à la campagne ?!* (Jouvence, 2021) pour raconter les joies du déménagement dans un petit village. *Donne-moi la main Menino* est son premier roman. Il a paru en 2020 chez Anne Carrière.

DONNE-MOI LA MAIN MENINO

ÉGALEMENT CHEZ POCKET

EMBRASSER L'INCONNU
DONNE-MOI LA MAIN MENINO

AURÉLIE DELAHAYE

DONNE-MOI LA MAIN MENINO

ÉDITIONS ANNE CARRIÈRE

MIXTE
Papier issu de sources responsables
FSC® C003309

L'éditeur de cet ouvrage s'engage dans une démarche de certification FSC® qui contribue à la préservation des forêts pour les générations futures.

Pour en savoir plus :
www.editis.com/engagement-rse/

ISBN : 978-2-266-31577-7
Dépôt légal : juin 2021

À Diana et à Miguel
À notre chère Lisbonne

1

Nous sommes à Lisbonne un vendredi soir de juillet 1984, sur les berges du Tage. La ville est plongée dans le brouillard.

La grande cour de la place du Commerce, jadis majestueuse, voit s'aligner les voitures en stationnement, encadrant la statue d'un ancien roi. Au fond trône une arche, au milieu de façades décrépies. Dans la brume, on devine quelques silhouettes qui rejoignent leur voiture. La lumière chaude des réverbères renforce l'opacité de l'air. On se croirait dans une ville fantôme.

À quelques centaines de mètres de là commence l'Alfama, le quartier du centre historique qui borde le fleuve à l'est, avec ses immeubles délabrés. Il faut être curieux et téméraire pour y pénétrer. C'est un endroit qui souffre de délinquance et de pauvreté, aux nombreux logements abandonnés. Ses recoins sombres abritent des dealers, et ceux qui passent des heures à les attendre. Il peut arriver malheur à qui s'aventure là.

Pourtant, ce quartier est habité et chacun y met de la vie. Sur les trottoirs, les vieux ont sorti leurs chaises, ils observent et discutent. Certains ont arrangé une table de fortune et partagent un repas. Au milieu d'eux, quelques enfants jouent et des jeunes se préparent à rejoindre un bar ou une discothèque.

On grimpe les ruelles escarpées difficilement, mais l'on s'y résigne en prenant son temps. Car c'est là que se logent les petites échoppes dans lesquelles on vient faire ses courses depuis toujours. Au-dessus d'elles, le linge sèche aux fenêtres. La lumière est douce, enveloppante, elle se réfléchit sur les murs, si délabrés et si authentiques à la fois. C'est gris, ça se fissure. Le temps a laissé sa trace, tout comme sur le visage de ces vieux qui peuplent l'Alfama. D'une fenêtre à l'autre, ils s'interpellent. Dans la rue, ils parlent fort. Il faut que tout le monde sache ce qui se passe ; bonnes ou mauvaises nouvelles, on partage tout, et même au milieu de la nuit.

Povo que lavas no rio. Soudain, on entend du fado. Qui porte cette voix si merveilleuse ? *Mas a tua vida não.* La femme est toute vêtue de rouge et se tient sur le pas d'une porte au côté d'un vieux monsieur qui l'accompagne à la guitare. Elle a la main posée sur le cœur. Derrière eux, une grand-mère s'assoit à sa fenêtre. Autour, les voisins se sont regroupés. Ça n'est pas une grande fadiste. C'est elle, c'est lui, c'est tout le monde. Le fado appartient aux gens qui se mettent à le chanter sans prévenir.

Sa voix berce, déchire, transporte. Elle vous emmène loin, dans un autre temps, et vous ancre ici, dans votre terre, dans votre ventre. Ceux qui l'écoutent ne sont plus qu'un. Cinquante personnes sont réunies, assises sur les marches de la ruelle ou adossées contre un mur. Elles ferment les yeux, se cherchent du regard. La dame à la robe rouge s'arrête, laissant son auditoire improvisé empli d'émotions jusqu'à la gorge. *Saudade.*

Un homme coiffé d'un béret se lance après elle. Le haut de sa chemise blanche est ouvert sur son torse, comme pour libérer la puissance de sa voix. Un autre voyage commence. Cette fois, c'est plein d'entrain, ça danse entre ses lèvres, ça sautille sur les cordes de la guitare. La souffrance d'un monde rude est atténuée par la joie d'être ensemble, de partager, de profiter des plaisirs simples.

Dans cette foule, il n'y a pas que des voisins, quelques touristes aventuriers s'y sont greffés et, parmi eux, il y a Viviane, dont les yeux brillent d'un espoir que cette scène a ravivé.

Viviane a seize ans. Comme chaque été, elle est en colonie de vacances, et pour la première fois au Portugal. Son enfance, elle l'a passée pour moitié dans la banlieue parisienne où elle est née, et le reste du temps dans les souvenirs de son père, dans le Ménilmontant d'antan. Là-bas, c'était comme un petit village au cœur de Paris, les maisons étaient proches les unes des autres, il y avait des jardins, on allait chercher le pain du voisin en même temps que le sien, on s'arrêtait au coin des rues pour discuter, on apprenait aux gamins à faire du vélo, et parfois on embrassait celle qu'on avait toujours connue, qui était née le même jour que nous, la porte d'à côté.

Ce Ménilmontant, Viviane a voulu le découvrir de ses propres yeux, il y a quelques semaines, mais la modernité avait emporté ce monde qu'elle n'avait vu qu'à travers les yeux de son père. Ce soir-là, en marchant dans Lisbonne, toutes les images qu'elle s'était créées prennent vie pour la première fois. Ménilmontant existe, il a simplement changé de pays !

Alors elle se fait une promesse : dès qu'elle en aura l'âge, c'est ici qu'elle viendra habiter.

Dans une autre ruelle, Zé est en train de faire le pitre avec le gamin qu'il tient dans ses bras et qui n'est pas le sien. L'enfant rit, l'adulte aussi.

Zé se sait différent des gens du quartier, peut-être parce qu'il n'est pas né ici, peut-être aussi parce qu'il s'en est mieux sorti. Il a vécu son enfance et son adolescence là et il s'y sent chez lui, en famille. Une famille qui parle parfois un peu trop fort, parfois un peu trop bas lorsqu'il a le dos tourné, mais qui le rassure par sa présence et sa constance.

Lorsque lui et sa femme se sont séparés, il est revenu y habiter et s'est accroché à son Alfama. À ça, et à son travail : parcourir les petites routes du Portugal, toutes fenêtres ouvertes, une cigarette à la bouche. Zé vend des articles de pêche, de golf, de chasse, de sports nautiques, et cela le fait voyager, c'est sans doute ce qui le sépare de tous les autres.

Bientôt il ira rejoindre des amis dans un bar, ensemble ils referont le monde. Depuis que la dictature n'est plus, ils ont le droit d'affirmer leurs idéaux. Il a tant donné pour acquérir cette liberté qu'il en jouit chaque fois qu'il le peut.

Au sortir de l'Alfama, l'espace s'élargit et alors se dresse le quartier de Graça, élégant malgré le temps qui y a aussi fait son œuvre. En haut de la colline, au pied d'une grande église, on peut observer tout Lisbonne depuis le Miradouro da Graça, un belvédère bien connu.

Deux artistes se sont installés à l'improviste avec leurs guitares et jouent quelques rocks. De temps en temps, ils sont perturbés – tout autant qu'amusés – par Rosa, qui du haut de ses six ans vient faire tourner sa robe au milieu d'eux.

« Rosa *não* ! Mais qu'est-ce que tu fais encore comme bêtises ! »

Repérée par ses parents, elle éclate de rire et se sauve pour aller rejoindre d'autres enfants. Elle en attrape deux par la main, surpris mais joyeux, et bientôt les voilà dix à se tenir comme ça. Alors elle se rapproche des artistes, que la petite farandole encercle en se dandinant. Rosa rit sous le regard désapprobateur et admiratif de ses parents. Demain, peut-être, elle se tiendra tranquille. De toute façon, c'est bientôt l'heure de rentrer.

À quelques minutes de là à vol d'oiseau, certains ne sont pas sortis, malgré la chaleur et cet air de fête d'un vendredi soir d'été. Menino est arrivé dans la famille il y a quelques jours.

Depuis le début, ça n'a pas été simple pour sa mère, Maria, d'abord de tomber enceinte une deuxième fois, puis d'accoucher. C'était long, très long, trop long. Elle a bien cru qu'elle le perdrait, ce bébé qu'elle avait tant désiré et attendu. Puis, tel un miraculé, il est arrivé, acclamé par toute la famille qui patientait dans le couloir de l'hôpital.

Maintenant qu'il est à la maison, son grand frère de sept ans le regarde avec des yeux un peu curieux, un peu jaloux. Mais il veille à ce que les adultes qui se le passent de bras en bras ne l'abîment pas. C'est son petit frère tout de même ! Même si, il le voit bien, c'est aussi le précieux bébé de leur maman. Depuis qu'il est là, il n'y en a que pour lui. Il faudra s'y faire. Menino, c'est le petit dernier.

Une dizaine d'immeubles plus loin, au dernier étage d'une petite pension typiquement lisboète, les parents de Joséphine – qui ne naîtra que sept ans plus tard – viennent de s'installer sur le lit pour se détendre de leur journée chargée. La chambre est simple mais jolie. Une tapisserie à fleurs rouges recouvre la tête de lit et les draps blancs. Sur le mur en face, quelques azulejos bleus encadrent un lavabo grâce auquel ils peuvent faire une toilette sommaire. Lorsqu'ils ouvrent la fenêtre, ils ont une vue magnifique sur le Tage. Tout cela pour un prix dérisoire.

Ils ont vingt ans et viennent à peine de se rencontrer sur les bancs de la fac de Toulouse. Ça leur est venu comme ça, ils ont décidé de prendre la route ensemble à la fin de l'année universitaire, après avoir échangé un baiser. Ils ont suivi leurs envies et cela les a menés à Lisbonne, ici on parle français ! Ils n'ont jamais fait ça avec personne d'autre.

Allongés sur le lit, les mains enlacées, les yeux rivés au plafond, ils ne savent pas encore qu'ils sont en train de vivre le grand amour, celui qui les gardera liés toute leur vie, dans une paix et une admiration mutuelles. Pour l'heure, ils écoutent Bashung et son *Gaby oh Gaby* avec le lecteur de cassettes qu'ils ont emporté. Sylvie se lève et se met à danser. Au rythme de la musique, elle remonte peu à peu son t-shirt en se déhanchant. *Ça fait craquer, au feu les pompiers.* Le regard d'Amine tourne à la gourmandise. Ce sera, pour chacun d'eux, la première fois.

En bas de leur immeuble passe un taxi noir au toit vert. Dedans, Pierre est avec ses parents. S'ils dorment à Lisbonne ce soir, c'est parce qu'ils sont en transit, leur second avion a été annulé et il leur a fallu trouver de quoi se loger pour la nuit. La compagnie aérienne proposait des solutions bien trop sommaires. Avec l'aide de leur majordome parisien, ils ont réussi à réserver une chambre dans un hôtel de luxe. Ils filent directement là-bas, cette ville ne vaut pas la peine qu'on s'y attarde, elle est toute déglinguée et tombe en ruine.

Installé à l'arrière droit de la voiture, Pierre regarde par la fenêtre. Il voit la lune, elle est pleine ce soir.

« Maman, regarde !

— Mais tais-toi donc, Pierre, tu ne peux pas apprendre à te tenir ? Ton père et moi sommes en pleine discussion, on n'interrompt pas des adultes lorsqu'ils parlent. »

Pierre regarde ses chaussures. La lune, ça n'est pas si important. Un jour, il faudra vraiment qu'on arrête de lui parler comme s'il était une vieille chaussette. Lui aussi, bien qu'il n'ait que onze ans, il peut être quelqu'un !

En chemin, il n'est pas venu à l'esprit du chauffeur de taxi d'éviter à ses passagers la vision désagréable du quartier où vit Nuno, Curraleira, qui se situe entre l'aéroport et Graça et qui affiche tant de pauvreté.

Nuno n'a que quatre ans, mais déjà il sait ce que veut dire le danger. Ici, les habitations sont tellement délabrées que tout peut prendre feu à la moindre étincelle. Lui ne touche jamais aux fils ni aux installations électriques, et fait encore plus attention quand ses parents ne sont pas là. Il le sait, ça peut tuer ! Il est un des seuls gamins du coin à être fils unique. Enfin, pour l'instant... Un petit frère est en préparation.

Depuis son lit de fortune, il entend son père et sa mère se disputer et ça l'empêche de dormir. Tout à l'heure, ils étaient tous les trois sur la petite colline, avec d'autres familles. Il aurait pu jouer avec les enfants, mais il n'en avait pas envie. Les odeurs, l'herbe qui lui monte sur les mollets parce qu'elle n'est jamais tondue, les seringues sur lesquelles il faut faire attention de ne pas marcher, il n'aime pas ça. Là-bas, loin, loin, à l'autre bout de la ville, ça doit être bien plus paisible.

Et ça l'est. Fanny dort sur ses deux oreilles dans cet hôtel de charme du Bairro Alto, le centre historique qui borde le fleuve à l'ouest. Elle a deux ans et sa nounou la regarde dormir entre ses deux frères. Qu'elle est belle ainsi, on en oublierait presque ses caprices.

Ses parents sont venus de Paris pour le week-end écouter un concerto de piano. Ils ont bien fait, même si les billets étaient un peu chers à la dernière minute, la soirée est magnifique et le pianiste, quel talent ! Il faudra rentrer lundi à la première heure pour se rendre au bureau, ils doivent présenter un nouveau plan sur trois ans à leurs investisseurs. Voilà des mois qu'ils préparent cette réunion. Le calme avant la tempête au rythme des notes de Bach, c'est leur plaisir à eux.

Le brouillard a quitté la ville, la lune brille au-dessus du Tage, orange et ronde. Lisbonne vibre, au battement de musiques si différentes.

2

Menino vient d'avoir trente et un ans en ce mois de juillet 2015. Nous sommes samedi et, comme tous les samedis, il parcourt Lisbonne à pied. Marcher, c'est sa liberté. Souvent, il ne choisit pas où il va, mais se laisse guider, le nez en l'air.

Aujourd'hui il fait beau, il a envie de voir le Tage. Il y a pensé hier, lorsqu'il était enfermé dans sa tour de verre, une envie de s'échapper, de voir l'eau, de s'apaiser. Est-ce qu'il va tenir encore longtemps en tant qu'ingénieur dans cette entreprise ? C'est ce qu'il se demande en admirant Lisbonne depuis le Miradouro da Graça. C'est le week-end, ce serait mieux d'arrêter de penser à tout ça. Il regarde l'horizon et ses yeux s'arrêtent sur le pont suspendu au loin. Une de leurs merveilles à eux, les Lisboètes. Leur cité n'a rien à envier à San Francisco, ni à aucune autre ville d'ailleurs. Une capitale européenne dotée d'une vraie douceur de vivre, avec le soleil si souvent présent, le vent qui vient l'adoucir en été et la mer à quelques kilomètres, c'est une chance. Sa chance.

À côté de lui, deux Françaises se chamaillent au sujet du meilleur chemin à emprunter pour rejoindre le

Bairro Alto, sur la colline en face. Dommage qu'il soit trop timide pour les aborder, parce qu'il aurait bien mis fin à leur dispute en leur proposant de le suivre pour une exploration de Lisbonne à pied. Il aime faire découvrir sa ville aux visiteurs de passage ou aux nouveaux venus. Mais il se met en route. Une prochaine fois, Menino !

En commençant sa descente, il décide de passer par l'Alfama. Il croise quelques *tuk tuk* dont les passagers le saluent ; il leur répond par un petit signe de main discret. Il est sur le trajet des touristes, mais ça ne le dérange pas, il y a suffisamment de place pour que tout le monde cohabite. Et puis, dès qu'il aura pénétré dans l'Alfama, il empruntera les ruelles secrètes. Menino se nourrit de toutes les couleurs qu'arborent les façades et les portes des immeubles. Même le linge qui pend aux fenêtres, ça lui donne le sourire.

De temps en temps, une bâtisse abandonnée attire son attention. Il s'apprête à traverser sans regarder lorsque la cloche du tram 28 le sort de sa rêverie. L'accident n'est pas passé loin ! Le tramway est déjà bondé à 10 heures du matin… L'été, il est devenu très compliqué pour les locaux d'y trouver une place. Tout de même ils exagèrent, les touristes. Les petits vieux sont bien obligés de passer d'une colline à l'autre pour faire leurs courses ! Encore un *tuk tuk* et puis hop, Menino prend à droite et s'enfonce dans l'Alfama.

Il descend quelques marches et fait une pause dans une petite épicerie où il achète un sachet de Frizzy Pazzy qui pétille sur la langue. Le goût de l'enfance soudain lui vient en bouche.

« *Olá menino.* » Un ancien vient de l'attraper affectueusement par le bras. Même ceux qui ne le connaissent pas l'appellent *menino*, pour tout le monde il est resté un petit garçon. « Tu as l'air bien content avec ta friandise. Tu as raison, profite de la vie. Réjouis-toi toujours d'un rayon de soleil, d'une petite brise, d'un moment partagé. »

Menino lui sourit et lui caresse gentiment l'épaule. Il continue sa route, le visage béat, puis se retourne et voit l'ancien un peu courbé monter les marches avec lenteur, croiser d'autres gens avec qui il échange quelques mots. Rien ne presse.

Les habitations sont très proches les unes des autres, les couleurs jaune, rose et orange se distinguent. Il est entouré de beauté. Certains murs se craquellent, l'ancien et le nouveau se côtoient. Menino jouit de ces minutes suspendues hors du temps.

Au détour d'une ruelle escarpée, il aperçoit un vieux assis en face d'un jeu d'échecs. Devant lui, une chaise vide, et personne alentour. La partie n'est pas commencée. Menino adore les échecs. Parfois, ils se retrouvent le vendredi soir avec des amis, et ils y jouent pendant des heures. À ça, ou à des jeux de plateau.

« *Bom dia, menino.* »

Dans un réflexe, Menino répond en bougeant le premier pion.

« Ah ! Voilà des heures que j'attendais ! J'espère que tu seras un adversaire de taille, petit ! Assieds-toi donc. Je m'appelle Zé.

— Bonjour, Senhor Zé. Moi, c'est comme vous avez dit, on me surnomme Menino. » Il s'assoit pendant que l'autre lui sourit et déplace un deuxième pion. Menino ne verra pas le Tage aujourd'hui, mais il est en train de faire une magnifique rencontre.

De l'autre côté du centre historique, dans le Bairro Alto, assise dehors à la table d'un café, Fanny pianote sur son ordinateur. Pas de repos pour les braves.

Voilà deux ans qu'elle a ouvert son blog sur les secrets de Lisbonne, au moment où elle s'y installait. Lisbonne lui a semblé être l'endroit parfait pour monter son affaire : peu de concurrence, une bonne qualité de vie – c'est important pour contrer les moments de découragement d'une entrepreneuse –, des dépenses quotidiennes dérisoires, des prix très bas pour l'immobilier – bien qu'un peu plus élevés pour les Français qui, comme elle, ont acheté dans le quartier du lycée français, mais minimes par rapport à Paris.

Le blog a mis du temps à démarrer, mais peu à peu elle a obtenu de la reconnaissance. Au début, elle vivait avec l'argent de sa précédente boîte, qu'elle avait très bien vendue avant de quitter Paris, et avec les loyers qu'elle perçoit d'un second appartement acheté dans le Bairro Alto à l'aide d'une donation de ses parents. Maintenant, elle commence également à dégager quelques revenus grâce à la publicité qu'elle affiche sur son blog – pour les compagnies aériennes, les hôtels, les restaurants, les guides touristiques. Mais elle n'a pas encore décollé. Elle s'est donné trois ans pour que cela prenne.

Voilà quelques semaines cependant que ses statistiques ont un peu changé. Avant, on atterrissait sur son blog parce qu'on cherchait à « visiter Lisbonne », c'est d'ailleurs ainsi qu'elle l'a nommé. Puisqu'elle était la première à avoir eu l'idée, le nom de domaine était libre. À l'époque, il y avait seulement quelques recherches du type « s'installer à Lisbonne », mais maintenant elles sont plus nombreuses. Même chose pour « investir à Lisbonne ». Ça n'est pas encore bien net, elle perçoit juste un frémissement. C'est un pari, mais elle sent qu'elle doit s'engouffrer dans cette voie. Si elle veut être à la hauteur et faire la différence, il faut qu'elle soit la première.

Toutes les lois promulguées ces dernières années sous la pression de la « troïka » européenne sont prêtes à porter leurs fruits. Cela a commencé par le déplafonnement des loyers (il était temps, car c'était un héritage de la dictature, et les propriétaires en souffraient, ils n'avaient même pas les moyens de rénover leurs immeubles), et là où ils ont été forts, c'est qu'aucune barrière n'a été prévue. Ce qui lui a permis, à elle, de prendre la tangente de la location Airbnb il y a quelques mois. L'environnement fiscal a également changé et offre de nombreux avantages aux étrangers qui viennent s'installer ou investir, aux Français notamment – mais aussi aux non-Européens, qui peuvent obtenir la nationalité portugaise simplement en achetant un bien immobilier.

C'est pour cela qu'elle a donné rendez-vous à Nuno en cette fin de matinée. Il a été le seul agent immobilier à répondre à l'appel un samedi. Les trois autres, elle devra les rencontrer la semaine prochaine. Pour tout le reste, elle a déjà du réseau, des avocats, des conseillers fiscaux. Quatre rendez-vous, cela devrait suffire pour dénicher celui qui pourra l'aider à faire pivoter son business !

Fanny lève la tête de son ordinateur et aperçoit un homme qui marche dans sa direction. Son pas est déterminé, une sorte de puissance rageuse se dégage de lui, mais aussi une grande pudeur.

Nuno arrive à sa table, se présente en lui tendant la main, tire une chaise et s'assoit. Son visage est doux et un peu fermé. « Allons-y ! » dit-il, dans un français parfait.

Fanny sourit. Elle peut annuler ses autres rendez-vous, elle a trouvé son homme !

Au bord du fleuve, à quelques mètres de la place du Commerce, Viviane s'est assise il y a une heure de cela. La vue de l'eau et le son des vaguelettes qui viennent s'échouer sur le sable apaisent son tempérament enflammé.

Enfin sereine, elle se retourne. Depuis ce poste, elle aime aussi observer la ville et ses mille couleurs, la végétation du château, le ciel d'un bleu sans faute.

Un homme s'avance vers elle, parce qu'il a besoin d'un renseignement, mais aussi parce qu'il la trouve d'une extrême beauté. Il est charmé par Lisbonne et ses habitants à tous points de vue. Il lui demande le chemin de l'Alfama, dans un anglais parfait mais avec un accent bien français. Viviane pouffe de rire. Pierre rougit et sourit.

« Ne vous fatiguez pas, je suis française moi aussi. » Depuis combien de temps n'a-t-elle pas fait rougir un homme ? Cela fait maintenant un an qu'elle s'est séparée d'Alfonso, et depuis lors elle n'a eu aucun coup de cœur, n'a éprouvé aucune tendresse, aucun désir. Elle observe cet homme et tout à coup, à l'intérieur, elle s'enflamme. C'est un touriste, il n'y aura pas de lendemain, pas de complications, pas de mauvaise réputation. « L'Alfama, c'est chez moi, je vous y conduis ! » Elle passe son bras à l'intérieur du sien et l'entraîne le long des berges.

Pierre n'en revient pas, c'est l'air portugais sans doute, ici tout semble simple.

« Vous avez du temps ? Parce que moi, j'ai tout mon après-midi, je peux vous faire visiter ! »

Il ne pouvait pas mieux tomber, lui qui voulait découvrir le quartier. Il avait simplement un avion à prendre en milieu d'après-midi – tant pis, il en prendra un autre. Et la faim lui tiraille déjà le ventre. « À condition que vous me permettiez de vous inviter à déjeuner. »

L'affaire est conclue et voilà nos deux tourtereaux un bon verre de *vinho verde* à la main à se regarder dans les yeux en attendant leur plat. Il a eu la sagesse de la laisser choisir le restaurant, il ne voulait pas en faire trop, mais il ne peut s'empêcher de dire : « Surtout, prenez tout ce qui vous fait plaisir. » Il explique qu'il est de passage à Lisbonne, comme trente et un ans auparavant, lorsqu'il avait onze ans : en transit. Une fois de plus, lorsqu'il a observé Lisbonne par le hublot de l'avion, cette ville l'a intrigué.

Viviane se sent touchée par cet appel de la ville qui a poussé son inconnu à s'évader de l'aéroport. Elle fait un rapide calcul. Zut, il a cinq ans de moins qu'elle. Heureusement qu'elle ne fait pas son âge – d'ailleurs personne ne le connaît et tout le monde lui donne dix ans de moins aisément. Trente et un ans… mais c'était en 1984 ! « Moi aussi j'ai découvert Lisbonne cette année-là, et je me suis juré de venir y habiter. J'ai tenu promesse dès que j'ai été en âge de gagner ma vie. Je suis devenue pianiste ici. »

Viviane, emportée par les premiers effets de l'alcool, lui raconte tout. Les études à la fac, qu'elle a entamées pour faire plaisir à ses parents, mais qui n'ont duré que quelques mois. Puis son souhait de se lancer en tant que professionnelle dans la musique. Les premières rencontres bénies, qui lui ont fait découvrir le plaisir de la scène à plusieurs, puis la difficulté à se faire une place dans le milieu parisien en solo. Son vœu d'adolescente lui est alors revenu. Zut, elle a révélé son âge ; tant pis, elle n'est plus à ça près. Elle est arrivée à Lisbonne sans trop savoir ce qu'elle y cherchait, et c'est une confiance nouvelle qu'elle y a trouvée. Ici, pas besoin de montrer patte blanche. Elle a commencé à jouer dans des petits palaces, le soir. Puis elle a créé son réseau pour donner des cours et des concerts privés. Tout semblait si facile. Elle savait dire non lorsque cela ne lui convenait pas, et tenter sa chance ailleurs.

Pierre écoute, songeur, tout en savourant ses *amêijoas*, des palourdes à l'huile d'olive et à la coriandre. « Mais ça c'était il y a vingt ans, aujourd'hui, ça doit être différent ? »

Eh bien, non, lui explique Viviane, Lisbonne a quelque peu changé, elle est devenue plus touristique, mais elle est toujours pauvre et authentique, et chacun y a encore sa chance. Le vin lui est un peu monté à la tête, Viviane se rend compte qu'elle ne sait toujours rien de son inconnu, alors qu'elle lui a déballé sa vie. Mais pour une fois qu'un homme l'écoute si attentivement, elle en profite !

Après ce déjeuner, elle l'emmène dans les ruelles de l'Alfama, pas celles où vont les touristes. Il a tout juste le temps d'apercevoir les *tuk tuk*, dans la rue qu'ils viennent de quitter. Deux petits vieux l'arrêtent pour lui dire quelques mots. Elle sourit et se tourne vers Pierre : « C'est toujours comme ça ! » Mais il a la tête tournée ailleurs, il observe l'immeuble abandonné qui est à côté d'eux. « Oh, ça, il faut s'habituer, il y en a tellement à Lisbonne ! » Elle lui fait traverser les petites ruelles qui ne sont peuplées que des habitants du coin, âgés pour la plupart, mais aussi quelques trentenaires et quarantenaires avec leurs enfants. Elle lui montre les petites places cachées, les jolies échoppes, lui présente des gens, Pierre semble si intéressé. Pour le coucher du soleil, elle l'emmène à son *miradouro* préféré. La fraîcheur du soir commence à tomber. « Il ne fait jamais trop chaud, grâce au vent, mais en robe légère on ne tient pas longtemps dehors le soir. »

Il n'a pas échappé à Pierre que la vue est splendide, mais il est aussi absorbé par cette femme et par l'envie de faire glisser sa robe le long de son corps. Non loin d'eux, des musiciens jouent. Il l'embrasse. C'est un baiser passionné qui s'inscrit dans la féerie de Lisbonne. La lumière est douce et rose, la musique langoureuse. Autour d'eux, les voix portugaises se mêlent aux voix françaises, espagnoles et anglaises. Leurs deux êtres chavirent. Ils filent chez Viviane, où Pierre restera jusqu'au petit matin avant de reprendre son avion. Elle lui dira de repartir sans laisser de numéro. La magie d'une journée sans lendemain. Pierre obéira à contrecœur.

Ce soir-là, à Paris, Rosa et Joséphine sont assises en face l'une de l'autre à la bibliothèque Sainte-Geneviève, à côté du Panthéon. Les partiels sont passés, la salle n'est donc pas bondée. Il est 21 heures et les bips du tourniquet de sortie ont commencé. C'est la première fois que Joséphine voit cette fille, car, si elle ne connaît personne ici, tous les visages lui sont familiers. Rosa, qui se sent observée, lève la tête. « *Olá !* Euh… salout. »

Joséphine esquisse un sourire timide. « T'es espagnole ?

— Non, portugaise. »

Rosa a un petit accent qui est nouveau pour elle. « Oh… » Joséphine semble songeuse. « C'est là que mes parents sont tombés amoureux. »

Rosa sourit. « C'est un bon endroit, le Portugal, pour tomber amoureux. »

Les deux jeunes femmes se replongent dans leurs livres. Joséphine reconnaît ceux de la table de Rosa. Transformation de l'habitat, sociologie des villes par l'habitat, architecture et sociologie. Apparemment les mêmes sujets les mobilisent, mais Rosa est plus âgée, c'est sûr.

Il est rare que quelqu'un retienne son attention ici. Les autres, ça n'est pas qu'elle n'aime pas leur tête, mais… elle se sent différente d'eux. Déjà, il y a tous ceux qui viennent pour draguer. Même en période d'examens, les tourniquets bipent à fond à longueur de journée. On va prendre un petit café, on discute, pas plus de vingt minutes pour ne pas perdre sa place, et hop, on revient « étudier » tout en se faisant les yeux doux. Tout ça, elle ne connaît pas. D'abord parce qu'elle est trop sérieuse. Et puis, des garçons qui s'intéressent à elle, il n'y en a pas beaucoup. C'est comme si elle était invisible. Ou alors ils ne sont pas ici. Ils sont chez eux, en train de réviser dans leur chambre pendant que maman leur prépare un bon petit repas ou un goûter gourmand. Non merci.

Rosa aussi a bien vu que tous les titres sur la table de Joséphine lui parlent. « Je meurs de *fome*, tou veux aller manger oun kebab ? »

Le français de Rosa n'est pas parfait, mais il chante. Joséphine aime ça, ce petit air d'ailleurs qui vient la sortir de son marasme parisien. « Avec plaisir, oui ! » Chacune insère des marque-pages dans ses livres avant de les refermer, puis les entasse dans un sac à dos beaucoup trop lourd. « Bip », fait le tourniquet. Enfin libres ! À demain, chère bibliothèque. Aucune ne s'arrête jamais, même le dimanche.

Rosa explique à Joséphine qu'elle est ici pour un an. Elle fait une thèse sur l'habitat touristique dans les grandes villes européennes, et elle a choisi de venir à Paris pour l'illustrer. « Avec Airbnb, ça fait oune dynamique intéressante à étudier pour moi. Enfin… intéressante, mais pas réjouissante. »

Joséphine aussi a commencé une thèse, depuis un an. Elle s'intéresse, elle, à l'architecture des logements sociaux. Elle a quitté Toulouse en fin d'année dernière et s'est installée à Paris. Ici tout est différent, il est plus facile de se plonger dans ce qu'elle aime, parce que plus anonyme. Mais la solitude lui pèse parfois. Elle aimerait bien que Rosa ne connaisse pas le même sort, qu'elle se sente accueillie.

Demain à midi, elle lui proposera un pique-nique au Luxembourg. Elles n'ont qu'une heure entre deux bips de tourniquet pour ne pas perdre leur place, mais il n'y aura pas grand monde, elles pourront même s'en accorder deux ! Cette petite idée toute simple met le cœur de Joséphine en joie. Elle ne se doute pas que Rosa la mènera dans des endroits qu'elle n'avait pas fréquentés jusqu'ici, qu'ensemble elles noueront des amitiés qu'elle avait crues impossibles dans une ville comme Paris, et qu'elle en ressortira grandie.

3

« Et lui, c'est Menino. Menino, je te présente Joséphine ! »

La porte de la salle de bains s'est ouverte sans prévenir. Menino aurait bien aimé qu'ils frappent. C'est toujours comme ça, ici. Il a beau s'en plaindre, ça ne change pas. La fille le fixe en retenant un sourire. Debout au milieu de la pièce, dans un caleçon Superman et une chemise bien repassée, il est en train de se laver les dents. Si Joséphine ne le regardait pas comme un énergumène, il se dandinerait sûrement un peu sur un air de George Michael. La musique se joue quand même dans sa tête, *Wake me up, before you go, go*. Elle laisse échapper un petit rire alors qu'il cherchait une blague pour sauver la face. Vexé, il leur ferme la porte au nez. La prochaine fois, Nuno n'aura qu'à frapper. Et puis c'est qui cette fille, sans blague ?

En ce mercredi matin de juillet 2018, Menino entame sa marche quotidienne. Il remonte l'avenue Almirante Reis qui traverse une partie de Lisbonne. C'est un peu bruyant ici, mais on y est toujours mieux que dans le métro, sur cette route linéaire bordée de visages fermés ou barricadés derrière leur smartphone, qui veillent à ce que les regards ne se croisent pas. Menino avance d'un pas vif, il ne voudrait pas être en retard. Il sent l'effort dans ses jambes, et c'est ce qu'il aime aussi. Une petite demi-heure pour arriver jusqu'à Saldanha, ça lui évite d'avoir à payer une carte de transport, et puis, il mettrait le même temps en métro !

Il passe la grande porte en verre, salue le gardien et rejoint les ascenseurs, où trois autres personnes attendent déjà. Direction le sixième étage. Six comme l'enfer. « Bonne journée », disent ceux qui quittent l'ascenseur avant lui. Menino répond par un sourire crispé, son estomac est en train de se nouer. Dans l'*open space*, il distribue quelques bonjours, puis va s'asseoir à son poste de travail. Il jette un œil en direction de son bureau à elle et voit sa main sur sa souris. Zut, elle est déjà là. Il allume son ordinateur, enlève sa veste légère et en sort un sachet de Frizzy Pazzy qu'il dépose contre l'ordinateur.

« Dis donc, tu n'as pas accusé réception du mail que je t'ai envoyé hier soir ? »

Il ne l'a pas vue venir ! « Ben… non. Je viens d'arriver, Maria.

— OK, je vois. Toujours un train de retard. Regarde assez rapidement, parce que c'est pour midi. »

Menino attend qu'elle s'en aille, puis ouvre nerveusement le Frizzy Pazzy. Il va lui falloir un café aussi. Il jette un œil dans sa direction : pas là, elle a dû partir aux toilettes. Il se faufile vers la machine et commande un cappuccino. Pendant que la boisson se prépare, Menino tape du pied sans s'en rendre compte. Il regarde à droite et à gauche pour vérifier qu'elle ne le voie pas, attrape le gobelet et hop, direction l'ordinateur. Mais, sur le chemin, il la croise.

« Qu'est-ce que tu fais, je t'avais pas dit que c'était urgent ? Ah, et à 13 heures il y aura ton évaluation. Ça ne peut plus être jeudi prochain, j'ai décidé de prendre une semaine de congé. C'est OK pour toi ? »

Menino acquiesce. Pourvu qu'elle arrête de lui parler. De toute façon cela fait plusieurs jours qu'il s'y prépare avec Nuno. Lui sait se défendre, ils ont trouvé de bons arguments ensemble.

De retour à son poste, Menino prend connaissance de son e-mail. Il compte cinq points d'exclamation, deux « urgent » et aucun « s'il te plaît ». Il y a juste un « merci » en bas de la page : « MERCI DE ME FAIRE ÇA AVANT DEMAIN MIDI. » « Ça », c'est un rapport sur lequel il travaille depuis un mois, et qu'il devait rendre jeudi prochain. Soudainement, c'est devenu urgent. Heureusement qu'il avait pris un peu d'avance. Mais jamais ça ne sera prêt pour midi… Sans s'en rendre compte, Menino se remet à taper du pied. Sa jambe fait vibrer son bureau et celui de sa voisine en face.

« Dis, tu voudrais pas arrêter, c'est pénible d'avoir à te le dire tout le temps. »

Menino acquiesce. Elle n'y est pour rien, Catarina, et puis elle aussi est sous pression. En plus, elle vient de perdre son appart ! Mais il ne contrôle pas forcément ce tremblement ! Menino met en place ses écouteurs, envoie de la musique relaxante – c'est une idée de Catarina – et s'enferme dans son rapport, sourcils froncés, yeux plissés et ventre noué. Il oublie son cappuccino, son Frizzy Pazzy et tout ce qui l'entoure trois heures et demie durant. À midi, il émerge de son écran, regarde dans la direction de Maria : aucun signe de vie. Elle a dû sortir déjeuner. Son ventre commence à gargouiller. Tant pis, il va continuer jusqu'à 13 heures et ira manger après son évaluation.

Il est content, il a bien avancé. Il ne lui reste plus que quelques pages de conclusion à rédiger. Tous les chiffres sont là, et toutes les recommandations. Il sent une présence dans son dos. Son rapport est ouvert sur l'écran.

« T'as pas encore fait la conclusion ! Mais il est midi passé de cinquante-cinq minutes, tu comptais me le dire quand, que tu étais à la bourre ? »

Les yeux rouges de Menino clignent. S'il le pouvait, il attraperait une enclume et la lui balancerait à la tête. Son visage se ratatinerait contre le mur. Il y aurait du sang. On n'entendrait plus parler d'elle.

« On se retrouve en salle de réunion dans cinq minutes, en attendant je vais prévenir le client que tu as du retard. Ce soir tu ne pars pas avant que ce soit fini ! »

La salle de réunion est lumineuse, au loin on aperçoit le Tage. Menino se perd dans cet horizon. Ce week-end, il aimerait bien aller se balader à vélo, il va faire beau mais pas trop chaud. Il ira jusqu'à Belém et s'arrêtera prendre des *pastéis de nata*. Si Nuno ne lui casse pas trop les pieds, il lui en rapportera peut-être, et aussi à la nouvelle, Joséphine ou quelque chose comme ça. Quelle idée de s'appeler ainsi.

Maria entre dans la pièce et le sort de sa rêverie. Elle s'assoit en face de lui et vérifie de la main que son chignon est bien en place. Du bout du doigt, elle enfonce une épingle qui jouait les rebelles et émet un petit son. Ça a effleuré son crâne. Si elle pouvait l'enfoncer plus loin. Jusqu'au cerveau. On dirait qu'elle aimerait se détendre, pourtant aucun souffle ne sort de sa bouche. Elle reste droite, rigide. Elle a des ordres. Si seulement elle pouvait les envoyer promener de temps en temps. Mais ça n'est pas son genre, elle est plutôt du style première de la classe, qui obéit et n'accepte sous aucun prétexte de ternir sa réputation. Même si sa santé y passe. Il parie qu'elle a mal au ventre elle aussi.

« Bon. Sache que nous sommes très contents de toi. Depuis un an que tu es chez nous, tu as très bien intégré les process, tu as beaucoup progressé sur l'usage de nos outils et tu sembles être celui qui a le plus de connaissances dans l'équipe. »

Menino savait qu'elle allait dire ça. Il se donne du mal et il est devenu indispensable.

Elle poursuit :

« Il faudrait simplement que tu apprennes à gérer les délais. »

Celle-là aussi, il l'attendait. Avec Nuno, ils ont tout prévu, c'est maintenant qu'il doit saisir la perche.

« Je pense qu'on devrait être deux sur mon poste. Et pas seulement sur mon poste. Toute l'équipe est sous-staffée, nous avons besoin de renforts, c'est trop dur de travailler dans ces conditions. »

Il sort une feuille A4 de sa poche, qu'il déplie minutieusement.

« J'ai fait un petit récapitulatif des besoins de l'équipe. Aller vers deux embauches dans un premier temps serait déjà génial. »

Il a dit ça avec son air innocent. Celui qui l'agace, elle. Il le sait, mais il ne le fait pas exprès. C'est dans ces moments-là, sans doute, qu'elle le trouve totalement inadapté au monde du travail – et aussi quand il mâche son Frizzy Pazzy. Mais il espère quand même qu'elle va se pencher sur sa feuille, il a mis du temps à lister et à répartir toutes les tâches.

Elle prend le papier, le froisse et le jette en direction de la poubelle. Panier !

« Tu es complètement en dehors des réalités. Tu ne vois pas que c'est difficile pour tout le monde ? Tu crois que je me tourne les pouces, moi ? Ça fait des mois que je n'ai pas pris de vacances, je serai en congé la semaine prochaine et déjà ça va nous mettre dans le pétrin. Il n'y a pas d'argent pour embaucher. On est en crise, t'es au courant ? Si on embauche, il faudra produire deux fois plus, c'est aussi simple que ça, et pour l'instant on n'a pas deux fois plus de clients. »

Menino baisse la tête. Elle l'a soufflé sec. Il en a perdu ses moyens. On passe au plan B. Si pas d'embauche, au moins une augmentation.

« Il me semble alors que ce serait plus juste d'avoir une rémunération adaptée. Avant de venir ici, j'étais payé 400 euros de plus et…

— Il n'y a aucun problème… »

Menino sent l'espoir le gagner.

« Si tu trouves un job payé 1 200, vas-y, je ne te retiens pas. Des CV, j'en reçois tous les jours, moi je trouverai quelqu'un pour te remplacer. Je viens de te le dire, il n'y a pas d'argent. »

Il aimerait ne pas montrer ses émotions, mais ses joues sont en train de devenir rouges. Des postes qui le stimulent, à 1 200 euros, il n'y en a pas. Il a cherché pendant plusieurs mois après avoir quitté son dernier job qu'il ne supportait plus, mais il n'a rien trouvé. Elle le sait. Pourtant elle sait aussi que s'il partait elle devrait tout recommencer, former quelqu'un, s'investir, donner. Elle n'en a pas non plus envie. Et malgré ça, pas moyen de se faire entendre.

« Si tu veux être payé plus, il faut rendre plus de rapports. L'équation est aussi simple que ça, ça n'est pas moi qui vais t'apprendre à faire des maths. »

Menino reste figé sur sa chaise, les yeux baissés. Il aimerait tout envoyer valdinguer. Il se remet à taper du pied. Maria referme son classeur, revérifie son chignon, se lève.

« Je crois qu'on s'est tout dit. N'oublie pas ton rapport pour ce soir. »

Il se réfugie aux toilettes, ouvre le robinet trop fort et asperge d'eau le miroir. Il arrache une dizaine d'essuie-mains d'un coup. Nerveusement, il jette tout par terre, puis s'en va en claquant la porte. À l'approche de l'ascenseur, il croise Catarina qui lui lance : « Ça n'a pas l'air d'aller…

— Et toi, tu crois que t'as l'air d'aller bien ? »

Avec sa mine grise de trop de travail, ça n'est pas elle qui va lui faire la leçon.

Menino descend s'acheter un sandwich. Dans la queue, il bouscule celui qui est juste devant parce qu'il aurait dû être juste derrière, mais a pressé le pas au dernier moment pour le doubler. Le gars se retourne : « Y a un problème ? » Il a la dentition d'un gangster et le regard d'un mec qui sort de taule, toute l'amertume du monde y loge. Ses muscles sont assez balèzes, Menino n'avait pas vu ça de dos, à travers le costard.

« Non, je voulais juste vous demander où vous aviez acheté votre costume, il est très beau. » Menino paie son sandwich et retourne le manger devant son ordi. Ce soir, il ne sera pas sorti avant 20 heures, lui qui voulait aller grimper avec les copains…

4

Malgré l'heure tardive, Menino rentre à pied. Sur le chemin du retour, il sent son téléphone vibrer dans sa poche. Il espère que ce soit une petite pensée des grimpeurs, un coucou collectif. L'écran affiche « Maman ». C'est ça. À cette heure-ci c'est soit Maria, sa boss, soit sa mère – Maria aussi.

« Bonsoir, Maman.

— Oh, mon chou, tu as l'air crevé.

— Je sors du boulot, là…

— Mais tu ne devrais pas travailler si tard !

— Oui, Maman. Tu avais quelque chose à me dire ?

— Je voulais te parler de ton anniversaire. On fêtera ça avec ton père, ton frère et les enfants ce week-end… »

Il avait oublié son anniversaire – encore une tuile, il peut dire adieu à la balade à vélo et aux *pastéis.*

« Et je me disais qu'on pourrait aussi inviter tes amis de l'escalade. »

Cinq ans qu'elle propose ça. Sa réponse ne varie jamais :

« Non, Maman, c'est bon, on ne fête pas les anniversaires entre nous. »

Bien sûr qu'ils les fêtent, mais pas avec leur mère.

« Je me disais aussi que tu pouvais inviter une fille si tu en avais envie…

— Une fille ? »

Menino a dit ça avec une voix stridente. Sa mère ravale sa salive et poursuit :

« Oui, peut-être qu'il y a une fille, plus particulière que les autres, que tu aimerais inviter. »

Maman, t'es pénible sont les mots qui lui montent à la gorge.

« Maman, t'es gentille, mais je n'inviterai pas de fille.

— Ah… »

Ce « ah ». Le « ah » de sa mère. Souvent il s'arrête là. Il est lourd de sens et chacun y met ce qu'il veut. *Maman, je n'ai plus faim. – Ah.* Ah, tu n'aimes pas ce que je fais ? Ah, tu ne manges pas beaucoup, tu maigris, tu pâlis, peut-être que tu es en mauvaise santé. Ah, je vais devoir gâcher toute cette nourriture que j'ai préparée avec amour. Ah. Avec ce « ah », c'est à chacun d'inventer la suite.

Mais cette fois elle précise sa pensée. Comme s'il en avait besoin ce soir.

« Tu sais, mon chéri, tu peux aussi inviter un garçon. On ne s'offusquera de rien avec ton père. »

Ça lui a coûté de dire ça. En réalité, ça ne serait pas si simple, il le sait. Elle joue la mère sereine et détachée qu'elle n'est pas.

« C'est ça, Maman, faisons ça.

— Je compte une personne de plus alors ? »

Sa voix a déraillé. Cette demande de confirmation était celle de toute une vie : *Mon chéri, si tu ne nous as jamais ramené de fille, c'est parce que tu es homosexuel ?* Ce serait peut-être plus simple après tout. Au moins, il n'y aurait pas d'échec, il n'y aurait pas à dire : *Mon fils ne sait pas trouver quelqu'un.*

« Non, Maman. À bientôt. »

Il raccroche. Mais déjà il s'en veut. Au bout de quelques pas, il envoie un texto. « Désolé. J'ai pas de copine, c'est tout. Bisous et à samedi. » Dans les cinq secondes qui suivent, il reçoit une réponse. « Je t'aime, mon fiston. Celle qui un jour aura ton cœur, elle ne sait pas la chance qu'elle a. »

Menino avance. Un pied devant l'autre. Il se concentre sur chaque pas qui l'éloigne de cette journée. Il met son casque sur ses oreilles et lance la musique en mode aléatoire. *Emmenez-moi au bout de la terre, emmenez-moi au pays des merveilles.* C'est exactement ce qu'il avait besoin d'entendre. Il chantonne doucement, dans son français plus qu'approximatif, et marche d'un pas vif. Un, deux, trois, quatre. Un, deux, trois, quatre. En cet instant, il voudrait partir. Fuir cette routine, ces gens étriqués qui n'ont que le mot « travail » à la bouche, sa mère qui voudrait toujours tout savoir de lui – et même, si elle le pouvait, qui lui collerait sous la peau une puce pour le géolocaliser. Partir. Loin. *Prenant la route qui mène à mes rêves d'enfant.*

Menino ne voit rien du décor qui l'entoure, des gens qu'il dépasse, parfois sans ménagement, il avance, *en chantant très fort, emmenez-moi au bout de la terre, emmenez-moi au pays des merveilles.* Il se rêverait les bras grands ouverts, effectuant des pas de danse, attrapant les vieilles dames sur le trottoir et les faisant virevolter. Mais ça ne se fait pas. Alors il reste discret. Dans sa tête, pourtant, il est en pleine chorégraphie.

Il enlève son casque avant de pénétrer dans l'immeuble, et c'est du bout des phalanges qu'il saisit la poignée de la porte pour l'ouvrir. Il y a tellement de junkies ici. Même manœuvre avec le bouton de l'ascenseur. Pour une fois qu'il n'est pas en panne, il ne va pas se priver de l'utiliser. L'appareil est au quatrième. Tiens, Nuno est peut-être déjà rentré. Menino tape du pied, il ne voudrait pas que…

« Hey, attends ! »

Une voix s'est fait entendre derrière son dos. Il se retourne. C'est exactement ce qu'il craignait. Un type dégueulasse et drogué avec qui il va devoir loger quatre étages durant dans cette cage étroite. Le gars lui sourit. Bientôt plus de dents. Il n'est pas jeune, celui-là. Menino lui indique d'y aller en premier, puis pénètre dans l'ascenseur, appuie sur le 4 et le 5, et retient sa respiration. Il contracte le ventre pour prendre le moins de place possible, mais ils sont tout de même serrés l'un contre l'autre. Plus qu'un étage. Faites qu'il ne parle pas.

« C'est pratique les ascenseurs, je crois que j'aurais mis une plombe à monter à pied. »

Évidemment, compte tenu de son état. Un souffle de puanteur est parvenu jusqu'à lui. Quatrième ! Sauvé ! Menino murmure un au revoir et s'échappe. On n'est jamais au bout de ses peines dans une mauvaise journée.

La clef a du mal à tourner. Elle va finir par lui péter entre les doigts un de ces jours. De l'intérieur, il perçoit une petite musique. Il tend l'oreille, c'est de la chanson française. Mais celle-là, il ne la connaît pas. Il a réussi à entrer, maintenant il ne devrait plus rien lui arriver. La musique résonne dans tout l'appartement. Elle est un peu gonflée tout de même, cette Joséphine.

Mais il faut dire que c'est beau, le rythme est doux et poétique avec du caractère, à cause de la voix du chanteur et de la guitare qui semble si assurée. Il parcourt le grand couloir qui mène jusqu'à la cuisine et au salon. En chemin, il fait une halte par sa chambre, où il pose veste et casque. Puis il avance doucement, comme pour ne pas gâcher un instant précieux. Lui, quand il met la musique à fond, c'est qu'il est seul et veut le rester.

La porte du salon est entrouverte. Il l'aperçoit. Elle a les bras ballants et se dandine gauchement d'un pied sur l'autre. Parfois, elle tourne un peu. Elle paraît maladroite et timide, du haut de son mètre soixante, avec ses cheveux courts. On dirait qu'elle prend des forces. *Vers la grande inconnue, loin du réconfort*. Le guitariste se fait un petit solo. Joséphine se fige, joint les pieds et mime l'instrument entre ses mains. Elle est drôle ! Il laisse échapper un petit rire.

Elle lève les yeux et le voit. Ses joues deviennent toutes rouges. Elle se dirige vers l'ordinateur et met sur pause. « C'est Bashung, elle murmure simplement. Je vous ai attendus longtemps, Nuno et toi, je ne pensais plus vous voir arriver.

— On est à égalité pour les portes ouvertes sans prévenir, répond-il en pensant à la scène du matin. Tu as dîné ? ajoute-t-il rapidement, comme pour faire oublier qu'il a fait durer le moment.

— Non, je pensais qu'on allait manger tous ensemble… disons, pour mon premier soir. »

Menino sourit. Peut-être que Joséphine est la colocataire qu'il attendait, lui qui aimerait qu'on dîne toujours ensemble. Ou que l'on prévienne quand on a prévu autre chose. Favoriser les moments de partage, ça n'est tout de même pas si compliqué. Mais il faut croire que ça l'était pour la précédente, aux abonnés absents. Quant à Nuno, n'en parlons même pas…

« Pizza ! s'exclame Menino. Pour fêter ton arrivée !

— Disons que j'avais imaginé quelque chose de plus… portugais.

— Rien ne remplace une bonne pizza, pas même le meilleur *bacalhau* du monde, ça c'est un principe de base. »

Joséphine éclate de rire. En plus, il est tard et c'est juste à côté de la maison. Ils s'en vont, font grincer la porte, crisser la clef, et descendent les escaliers.

5

La nuit est tombée et Pierre est encore à son bureau. Le téléphone sonne.

« *Olá menina*, *sim*, Papa va bientôt rentrer… Oui, ma chérie, dans trois dodos c'est ton anniversaire… Tu es une grande maintenant, il faut obéir à ta maman… Allez, file au lit… Bonsoir, chérie… J'ai bientôt fini, j'ai eu une journée de dingue… Comme d'habitude, oui, c'est vrai… On va faire un super portrait de moi dans la presse… Nan, je ne me moque pas de toi, bon, à tout à l'heure. Je t'embrasse. Ne m'attends pas pour dîner. »

Pierre a passé une très bonne journée et il n'a pas envie qu'on la lui gâche. Il s'apprête à aller fêter ça avec Gauthier, son cousin et associé, ça sera plus joyeux que les reproches de sa femme. C'est vrai qu'il n'est jamais là, mais bon, on ne peut pas tout avoir, et elle n'a pas l'air de se plaindre de son train de vie.

Les jours qui sont placés sous de si bons auspices sont rares, il faut les célébrer. Surtout qu'il s'était levé la trouille au ventre. Et si cette journaliste était là pour le piéger ? Mais tout s'est bien passé. Il l'a accueillie avec son grand sourire charmeur, son calme légendaire, sa bonne humeur. De toute façon, avant d'être conquise, elle était déjà de son côté. Elle travaille pour la presse française et lui a annoncé le titre : *Ces Français qui ont réenchanté Lisbonne*. Quand il a entendu ça, il est parti dans des envolées lyriques.

« Je suis tombé sous le charme de Lisbonne en 1984. J'avais onze ans, j'étais avec mes parents, nous y avions fait escale par hasard. Je me souviendrai toujours de ce voyage en taxi qui nous avait menés de l'aéroport à l'Alfama. Nous avions traversé Graça et ses grands immeubles élégants, puis nous étions arrivés dans l'Alfama, accompagnés d'un air de fado. Dans la chambre de notre petit palace, j'avais vu le Tage et la lune qui brillait au-dessus, j'avais tout de suite compris que Lisbonne était une ville de poètes. C'est d'ailleurs à cet âge-là que j'ai commencé à lire Fernando Pessoa.

— Oh, c'est formidable !

— Mais, vous le savez, Lisbonne était aussi faite d'immeubles délabrés à tous les coins de rue, c'était d'une tristesse… Pour être honnête, mes parents avaient trouvé la ville lugubre, ils ne voulaient pas y revenir. Alors je l'ai oubliée moi aussi et je ne m'y suis baladé que dans les textes de Pessoa. Et puis, lorsqu'ils sont décédés en 2015 dans un tragique accident de voiture, il m'a fallu reprendre les rênes de l'entreprise familiale. Ils m'avaient élevé dans cette idée qu'il faut mériter ce dont on hérite : il n'était pas question pour moi de me tourner les pouces en consolidant simplement les investissements immobiliers qu'ils avaient entrepris en France et à l'étranger. Il fallait que je donne un souffle nouveau à l'entreprise, que j'aille découvrir d'autres terres, tel un explorateur. Alors ces images que j'avais vues à travers la vitre du taxi me sont revenues. Et puisque mes parents n'étaient plus là pour me dire que ça n'était pas une bonne idée, j'ai réservé un vol pour Lisbonne sur un coup de tête, c'était à l'été 2015.

— Quels points retenaient particulièrement votre attention pour venir investir à Lisbonne ?

— L'humain, l'architecture, l'ambiance. Les Portugais sont des gens formidables, accueillants, simples. C'est ce qui m'a tout de suite plu. Vous avez dû connaître ça aussi, être happé par cette ambiance de bord de mer, d'authenticité, de soleil… Lorsqu'on arrive de Paris avec ses pots d'échappement, sa grisaille, ses airs supérieurs, forcément, on est charmé ! Ici, quelque chose a été préservé, le passé subsiste et il se mêle au présent. Mais il ne faut pas pour autant croire que les Portugais sont *has been* ! Les jeunes parlent tous anglais, ils ont de super diplômes, il y a plein de femmes ingénieures. Le Portugal, c'est l'avenir !

— Vous vous êtes promené seul comme un véritable explorateur, alors ? »

Pierre a esquissé un sourire. Le souvenir du souffle de Viviane est venu le faire frémir, une sensation brûlante s'est logée dans son ventre. Quel fol après-midi ils avaient passé ! Et quelle nuit…

« Oui, j'étais seul et à pied. On se laisse guider, cela permet de faire de meilleures découvertes. J'ai pu voir que nombre d'immeubles avaient été rénovés, que le tourisme s'était développé, qu'on prenait enfin en main le destin de cette ville qui méritait que l'on s'occupe d'elle.

— C'est touchant, ce que vous dites. Comme si Lisbonne était une femme jusque-là abandonnée.

— Oui, c'est exactement ça. Elle qui avait été ignorée pendant toutes ces années, enfin on la regardait, on reconnaissait sa beauté, on découvrait son caractère et on décidait de s'y attacher, de lui donner de la valeur. Alors j'ai eu envie d'apporter moi aussi ma modeste pierre.

— Trois ans plus tard, vous avez rénové une trentaine d'immeubles, vous devez être fier de ce que vous avez accompli ?

— Nous le sommes ! Nous avons, en plus, travaillé sur des bâtiments très différents. Certains sont des immeubles de bureaux, d'autres des appartements bourgeois, mais il y a aussi des logements sociaux. C'est important de respecter la ville et ses habitants.

— Vous ne mentionnez pas les villas de luxe ?

— Évidemment, nous construisons également dans le luxe. Il y a une demande forte compte tenu de ce qu'offre Lisbonne. Ces projets ne sont pas ceux qui ont le plus de sens à mes yeux, mais ils nous permettent de financer les autres.

— Vous parlez portugais ?

— *Sim ! Falo português.* Comment ne pas parler la langue d'un pays dont on est tombé amoureux ? Pas que du pays, d'ailleurs : je suis marié à une Portugaise et nous avons une petite fille qui aura deux ans dans quelques jours ! Lisbonne a changé ma vie à tous points de vue. L'entreprise familiale est florissante, encore plus que par le passé, et il y a maintenant une saveur exotique dans mon quotidien. Il m'arrive parfois de venir travailler en métro ou à pied, lorsque mon planning me le permet. À Paris, c'était devenu trop pollué pour la marche, et puis les risques d'attentats dans les transports en commun étaient pesants.

— Vous pensez que cela fait partie des raisons qui attirent les Français ? Car ils sont de plus en plus nombreux !

— Oui, évidemment, la sécurité compte beaucoup. Au moment des Printemps arabes, les Français qui avaient leurs habitudes en Afrique du Nord ont pris peur. C'est là qu'ils ont découvert le Portugal pour les vacances. Puis il y a eu les attentats parisiens, et la morosité ambiante. À Lisbonne, la communauté musulmane est très bien intégrée, il n'y a aucun risque. Et l'ambiance est plutôt à la fête… quand elle n'est pas à la *saudade*, mais en tant que Français on la préfère mille fois à notre bonne vieille façon de râler pour tout et n'importe quoi. Beaucoup ont sauté le pas et sont venus s'installer. Soit pour entreprendre ici, soit pour y vivre tout en continuant à travailler en France. C'est ça, la magie d'Internet ! »

L'échange s'est terminé ainsi, elle l'a remercié chaleureusement et lui a dit, alors qu'il la raccompagnait, que cela paraîtrait en septembre. Pierre veut bien recevoir des journalistes comme celle-là tous les jours ! C'est bon pour les affaires et pour son image. Septembre sera un mois parfait pour une sortie en France. Les gens rentrent de vacances, leur train-train métro-boulot-dodo les fatigue déjà, ils rêvent de repartir et, pour les plus aventuriers, d'aller s'établir ailleurs. Ah, qu'il aime son métier !

Gauthier passe la tête dans l'entrebâillement de la porte. « On va se la boire, cette coupe de champagne ? » Pierre acquiesce. Mais, avant cela, il doit passer un dernier coup de fil. Il attend que son associé ait disparu, prend une grande inspiration en saisissant son téléphone et appuie sur le raccourci clavier numéro 4.

« Allô… Oui, c'est moi. J'ai de mauvaises nouvelles sur la Rua dos Remédios… Si, ils sont encore là… Eh bien si, c'est possible, puisque je vous le dis… Les deux, oui, mon contact est formel… Comment ça, vous n'y pouvez rien ? Je ne vous paie pas pour que vous me sortiez des bêtises pareilles. Bien sûr que vous y pouvez quelque chose !… Ne vous inquiétez pas pour les journalistes… Oui, je sais, il commence à y avoir des articles… Mais nous sommes à l'abri, je vous dis… Faites le nécessaire. À bientôt. Au prochain coup de fil, je veux qu'ils soient partis. »

Allez, maintenant on va se le boire, ce champagne bien mérité !

6

« Viens, je vais te montrer quelque chose ! »

Joséphine et Menino sont sortis de la pizzeria repus. Elle est fatiguée après cette première journée, mais l'excitation de son colocataire l'intrigue, alors elle décide de le suivre. On voit qu'il est d'ici, il avance à une bonne cadence malgré la côte qu'ils sont en train de grimper. Elle espère que ça vaut le coup parce qu'elle est en train de perdre ce qui lui reste de souffle et d'énergie.

La pizzeria était sympa, c'est vrai que les pizzas y sont bonnes, mais elle aurait aimé quelque chose de plus… portugais, pour sa première soirée. Si elle s'attendait à ce que la nourriture et le personnel soient italiens, elle avait pensé que les clients seraient d'ici, on est tout de même assez éloigné du centre. Pourtant, pendant le repas, elle a entendu parler français, anglais, espagnol… D'ailleurs, Menino et elle n'ont pas fait exception. Elle avait démarré la conversation en portugais, mais, comme elle ne le maîtrise pas encore parfaitement, il a tenu à passer à l'anglais.

« On aurait peut-être pu trouver quelque chose de plus local…

— Mais ch'est local ichi, ch'est juchte à côté de la maijon ! » il lui a répondu, la bouche pleine.

Décidément, Menino porte bien son surnom, entre le caleçon Superman et les blagues enfantines. Mais il a ce regard profondément doux qui fait qu'on lui pardonne.

Elle a hâte. Hâte de découvrir la ville où ses parents sont tombés amoureux, la ville que Rosa lui a décrite maintes fois, faite d'authenticité, de solidarité, de simplicité. Elle a tenu à apprendre le portugais avant de venir. Quinze minutes par jour pendant l'année qui s'est écoulée, ça valait le coup.

Dans la pizzeria, Menino lui a demandé ce qu'elle venait faire ici. Joséphine a expliqué sa passion pour la construction de maisons, que son grand-père lui a transmise (il a bâti de ses mains sa propre maison !), ses études d'architecture, et en milieu de parcours sa découverte des bidonvilles, le choc que ça a été pour elle. Malheureusement, ils n'étaient qu'une poignée parmi les élèves à être sensibles au sujet, à s'indigner que de telles horreurs existent. Cela lui a donné envie d'explorer la sociologie, elle a fini par dériver vers les logements sociaux et leur architecture, et par leur consacrer sa thèse.

Menino a écouté attentivement. De temps en temps, il hochait la tête.

Quand elle a eu fini de parler, il a dit : « Je ne connais rien à l'architecture des logements sociaux, d'ailleurs je crois que je n'en ai jamais vu, il ne doit pas y en avoir beaucoup ici… »

Joséphine a confirmé d'un signe de tête. Effectivement, Lisbonne est très en retard en la matière.

« Mais si tu avais voulu faire une thèse sur le logement à Lisbonne, j'aurais pu t'en raconter des tartines ! En ce moment, c'est le sujet numéro un au boulot. La collègue qui est juste en face de moi, Catarina, vient de perdre son appartement. Le loyer a presque doublé, évidemment elle ne pouvait pas suivre. Elle habitait dans l'Alfama. Maintenant, elle est chez une amie et cherche dans notre coin, mais c'est mission impossible. Tu sais que tu as eu de la chance de tomber sur notre colocation ? En plus avec des beaux gosses comme nous ! »

Joséphine sourit poliment à sa tentative d'humour immature.

« Oui, c'est grâce à Rosa, qui connaissait Enrico, qui connaissait Francisco, qui connaissait Nuno, enfin, je ne sais plus trop, mais en tout cas tout le monde s'est mobilisé pour m'aider à trouver. »

Après avoir avalé sa pizza comme un goinfre, Menino a plongé la main à l'intérieur de sa veste en toile, en a sorti un carnet et un stylo noir et s'est mis à dessiner les gens autour d'eux. Ce garçon est intrigant. Elle a voulu en savoir plus, si c'était une passion depuis tout petit, s'il prenait des cours, mais il a juste souri et dit : « J'aime dessiner. »

Au beau milieu de la côte, Menino se retourne vers elle. « Ce que je vais te montrer là, c'est mon spot secret. Toi qui voulais tout savoir sur mes dessins, je t'ouvre la porte de mon univers. Si, si ! Mais vous êtes très curieux quand même, vous, les Français, vous voulez toujours tout savoir sur tout !

— Disons plutôt qu'on ose poser des questions.

— Ça doit être ça… Je t'amène là où je viens depuis toujours pour m'apaiser ou trouver l'inspiration. Peu de gens connaissent cet endroit. D'abord parce qu'il est tout en haut d'une côte, sans tramway, et ensuite parce qu'il est un peu caché. »

Joséphine est contente, c'est exactement ce qu'elle voulait, découvrir la Lisbonne secrète.

Alors qu'ils sont presque arrivés, et qu'elle ne peut plus prononcer un mot – il va falloir qu'elle retrouve la forme –, Menino s'arrête devant une grande grille.

« C'est ici !

— Mais c'est fermé ?

— T'inquiète, c'est en travaux et je sais par où on peut passer. »

Ils redescendent quelques mètres (c'était bien la peine de les monter !) et parviennent au chantier. Menino déplace deux planches en bois et se met à quatre pattes pour se faufiler dans un cylindre en béton qui semble être la seule entrée. Décidément, la vie est sportive avec lui ! Elle ne veut pas se dégonfler, elle qui était en quête d'endroits insolites. Elle prend son courage à deux mains et, comme elle est plutôt fluette, se glisse assez facilement à l'intérieur. À la sortie, Menino lui tend la main pour l'aider à se remettre sur pied. Ils s'échappent de là par un petit muret et montent une dernière côte, en pente douce cette fois-ci.

De petites arches blanches surplombent des bancs en pierre qui font face à l'horizon. Devant leurs yeux, Lisbonne se tient fièrement, avec ses immeubles baignés de lumière jaune, sa verdure, son pont suspendu, son fleuve apaisant et les étoiles tout au-dessus. Joséphine ne dit rien, fascinée par la magie de cet endroit. Menino choisit de briser le silence : « C'est ici qu'il faut venir *pécho* si tu trouves un super Portugais dans les semaines à venir ! »

Il a dit « pécho » en français et il en est tout fier. Elle se retourne vers lui avec un visage de six pieds de long. Apparemment, les moments trop parfaits mettent Menino mal à l'aise, il faut toujours qu'il les gâche avec ses blagues douteuses. Mais Joséphine est décidée à prolonger la beauté de cet instant. Elle saisit son téléphone dans sa poche, fait une rapide recherche et appuie sur *play*. *J'passe pour une caravane*. Un peu de Bashung ne leur fera pas de mal. La musique est douce, la voix lui fait toujours le même effet, elle se sent emportée *vers la grande inconnue*.

Menino et elle se sont assis et, ensemble, regardent au loin.

« C'est la première fois que je peux faire ça avec une colocataire. Merci.

— Merci à toi. J'aime déjà cet endroit. »

Un petit vent frais vient faire frémir leurs épaules. Menino remet sa veste, Joséphine sort un gilet de son sac à dos. Au passage, elle sent dans le fond du sac la boîte de bonbons au miel que sa mère lui a envoyée avant son départ. Elle la tend à Menino, sûre de l'effet qu'elle va produire.

« Waaah, merci, j'avais un peu faim ! »

Joséphine pense à l'énorme pizza et éclate de rire.

« Quand j'étais petit, je dessinais toujours en classe. Comme j'étais plutôt rêveur, ça m'aidait à me concentrer. »

Lui offrir un bonbon a mis Menino en confiance.

« À l'âge de huit ans, j'avais une super maîtresse, Mme Pereira. Elle était rousse, certains se moquaient d'elle pour ça. Moi j'en étais fou amoureux. J'aurais tout fait pour lui plaire, j'écoutais bien attentivement. De temps en temps, à la fin du cours, elle venait observer mes cahiers par-dessus mon épaule. Je sentais son parfum musqué, c'était enivrant. Alors je faisais durer le moment, je rajoutais plein de détails à mes dessins pendant que les autres rangeaient leur trousse et filaient aussi vite qu'ils le pouvaient dans la cour de récréation. Je dessinais mes camarades, les arbres que j'apercevais par la fenêtre, les détails de la salle de classe. Mme Pereira avait fabriqué une boîte aux lettres en carton dans laquelle on pouvait déposer des mots pour l'un ou l'autre de nos camarades, ou même pour elle. J'imaginais qu'un jour j'y glisserais un petit papier pour lui déclarer mon amour ! Mais j'étais bien trop timide pour ça. Lorsqu'elle observait ce que j'avais dessiné, invariablement elle disait : "C'est très beau, Menino, surtout promets-moi de ne jamais arrêter de dessiner." Elle ne faisait pas de commentaire, elle prononçait simplement ces mots, et ça me réjouissait. Je m'étais promis de ne jamais la décevoir. »

Joséphine observe Menino dans l'obscurité. Il a une lueur de nostalgie dans le regard. Il est beau quand il ne fait pas l'andouille. À vrai dire, il l'est aussi quand il fait l'andouille, son sourire parfait vient éclairer son teint hâlé. Mais qu'est-ce que c'est agaçant !

« Et puis j'ai quitté Mme Pereira et je suis entré au collège. Là-bas, j'avais des cours de dessin. C'était une découverte : le dessin pouvait être une discipline. Mais c'était risqué, cette fois on pouvait porter un regard sur mon travail. C'est ce qu'a fait un de mes profs. J'avais commencé une bande dessinée avec des personnages verts. C'était toute une famille d'humains, mais verts. Il a regardé longuement et puis il a dit : "Dans la vraie vie, Menino, les gens ne sont pas verts, tu le sais bien, n'est-ce pas ? Alors arrête de faire n'importe quoi." »

Il a un petit sourire amer. « Ça te dit qu'on rentre ? Je commence à avoir un peu froid. »

Joséphine acquiesce, et les voilà repartis par leur trou de souris. Sur le chemin du retour, elle mémorise le trajet avec la ferme intention de revenir en pleine journée.

« Moi, je n'y viens plus que la nuit, mais, tu vas voir, il y a un joli café-cabane tenu par un monsieur très sympathique, tu vas adorer ! »

En rentrant dans l'immeuble, ils croisent un junky qui sort de l'ascenseur. Menino regarde ses pieds comme s'il cherchait à l'éviter. Le jeune homme passe, lui assène une tape sur l'épaule, et dans un cri du cœur qui semble prendre autant d'énergie qu'un 400 mètres haies il lâche : « J't'aime bien, toi, gamin ! »

Joséphine observe son colocataire qui époussette sa veste d'un air dégoûté. Elle sourit discrètement alors qu'il marmonne dans sa barbe : « C'est bon, j'suis pas un gamin… »

Nuno est affalé devant le poste de télévision lorsqu'ils pénètrent dans le salon. Il semble surpris de les voir tous les deux.

« Ça va mieux que ce matin, on dirait, ha, ha, ha !

— Je vous ai attendus tous les deux pour dîner, mais on ne t'a jamais vu arriver…

— Il ne faut pas compter sur moi, je suis souvent dehors pour le boulot.

— Oui, Nuno, c'est James Bond, il fait des missions de nuit. Ne va pas essayer de savoir en quoi ça consiste parce que tu découvrirais des choses pas jolies jolies. »

Menino a dit ça en rigolant, mais un voile est venu assombrir le visage de Nuno.

« Ne dis pas n'importe quoi, tu veux bien. Je suis agent immobilier, Joséphine. C'est plutôt un beau métier ces dernières années…

— Et Nuno bosse comme un fou !

— Voilà ! Mais t'inquiète, on trouvera bien le temps de se voir. D'ailleurs, si vous n'êtes pas trop fatigués, j'ai un peu de moscatel au frigo, ça vous dit ? »

Avant même que Joséphine ait le temps de répondre, Menino pousse un cri de joie et file dans la cuisine. Il en revient avec trois verres à liqueur et une bouteille de ce vin sucré.

« Assieds-toi, Joséphine, l'invite Nuno. Dis-moi ce que tu recherches à Lisbonne, je vais t'indiquer les bons coins : c'est l'avantage du métier, je connais tout ! »

Dans son champ de vision, elle a cru voir un petit rictus sur le visage de Menino. Un peu de jalousie peut-être ? Quoi qu'il en soit, ça n'est pas ce soir qu'on va se coucher tôt. Alors qu'elle commence à intégrer cette idée, le téléphone de Nuno sonne. « Fanny » s'affiche sur l'écran.

« Oui… Ah… OK, j'arrive…, dit-il en raccrochant. Bon, ben… Je te dirai tout ça une autre fois. Je dois y aller. Content que tu sois là, en tout cas, Joséphine. Je pense que ça va faire du bien à Menino. »

Regard noir de Menino, qui baisse la tête et tape du pied au sol. Petite bourrade de Nuno sur l'épaule de Menino, qui époussette sa veste et marmonne : « Mais qu'est-ce qu'ils ont tous ? » La bouteille de moscatel dans une main et les verres dans l'autre, il tourne les talons et se dirige vers la cuisine. Il en revient avec le sourire, comme si ces dix secondes lui avaient permis de faire le vide. « Tu vois, je t'avais dit, Nuno est un courant d'air. On se voit demain. *Dorme bem. Beijinhos.* »

Joséphine reste seule dans le salon. Elle ouvre la fenêtre. Le linge d'un des colocs est en train de sécher. Elle reconnaît un caleçon Superman. En face, des gens font la fête. Marrant pour un mercredi soir. Elle devine que c'est un Airbnb. Elle observe les couleurs des immeubles, roses, jaunes, blancs. Et les azulejos. Elle lève les yeux vers la lune. « On est plutôt bien, ici… Allez, moi aussi, je file au lit ! »

7

Nuno a pris sa BMW, a tourné à gauche sur l'avenue Almirante Reis, celle que Menino emprunte chaque matin à pied, mais dans l'autre sens, et il a mis le cap sur le Bairro Alto. Sa moto est plutôt imposante. Il aime cette sensation de chevaucher quelque chose de stable tout en étant libre. C'est ce qu'il a toujours cherché dans la vie, un peu de stabilité et de liberté. Est-ce qu'il y est parvenu ? Il a la certitude que oui, mais parfois une petite émotion lui monte à la gorge.

Lorsqu'il arrive en bas de chez Fanny, devant le café où il gare toujours sa cylindrée pour qu'elle soit sous surveillance, la jeune femme est assise à la terrasse, un verre de *vinho verde* à la main. Nuno se crispe.

« Ah, te voilà enfin ! J'ai l'impression que ça fait une éternité que je t'attends. Assieds-toi, qu'on se boive un petit verre ensemble. »

Elle est belle, très belle, trop belle. Elle le rend fou. Depuis trois ans qu'il la connaît, il ne rêvait que de la serrer dans ses bras. C'est arrivé il y a un mois. Nuno pensait qu'elle le ferait moins marcher quand ils seraient ensemble, mais ça n'a fait qu'empirer.

« Merci, mais je ne suis pas venu pour ça, tu ne m'avais pas dit qu'il y avait urgence ?

— Oui, mais je me suis trompée ! J'ai cru que les serveurs de mon site étaient tombés en panne, je n'arrivais plus à charger aucune page. En fait, c'était ma connexion Internet qui flanchait, rien de grave donc.

— Tu ne pouvais pas m'appeler pour me prévenir ?

— Avec tout ce que j'ai fait pour toi, tu peux bien m'accorder une petite erreur de temps en temps… »

Elle a dit ça sans aucune agressivité, comme si c'était normal. Nuno serre le poing. Il s'en rend compte et se le reproche. Doucement, il le desserre. Elle n'a rien vu. Elle le regarde dans les yeux.

« Je me suis dit qu'on pourrait passer la nuit ensemble. »

Elle a le don de faire basculer les situations. Évidemment que Nuno en a envie. Ils vont monter là-haut dans son duplex avec vue sur le Tage, où règne le silence. Tout ce dont il a toujours rêvé. Ils vont s'embrasser longuement, faire l'amour passionnément, les fenêtres seront ouvertes. Ils se ficheront bien du bruit qu'ils font. Ils n'auront pas chaud, il y aura la brise qui vient du fleuve. Il la trouvera touchante à ce moment, vulnérable même, comme elle ne l'est jamais dans la vie. Il sera imposant, dans son grand corps musclé, et elle, fragile. Il la serrera fort contre lui en même temps qu'il la fera jouir. Elle s'abandonnera, et il sera comblé.

Oui, il dit oui, mais peut-être qu'il arrivera à résister. Juste monter, discuter un peu et repartir. Surtout repartir. Elle finit son verre, laisse quelques euros, lance au serveur : « *Obrigada, até já.* » Dans l'ascenseur, elle attrape la main de Nuno et la glisse sous sa jupe. Il est foutu.

Pendant l'amour, il a cru l'entendre dire « Je t'aime ». Est-ce qu'elle l'a vraiment dit ? Est-ce qu'il l'a rêvé ?

« Reste dormir », murmure-t-elle au fond du lit, les yeux mi-clos. Chaque fois qu'il vient ici, elle le lui demande. Mais Nuno ne veut pas. Il faut repartir, il se l'était promis. Repartir, ne pas dormir, ne pas se dévoiler. Il se rhabille, l'embrasse, elle frissonne dans son sommeil, c'est sa chance, il repart sur sa BMW.

Avant de rentrer, il s'arrête au Miradouro da Senhora do Monte, le plus beau et le plus touristique de tous. À cette heure-ci, il n'y a plus personne. Il a besoin de regarder sa ville la nuit. Lorsqu'il était petit, son environnement n'offrait aucun point de vue, Nuno cherchait l'horizon en pensée, pour s'échapper de son trou à rats, mais rien ne venait. Surtout depuis l'accident.

Il suffoque, défait les premiers boutons de sa chemise. Ça y est, trop tard. Il sent la chaleur monter. Il faut qu'il s'asseye pour être sûr de ne pas tomber. Le cauchemar revient.

Il a neuf ans. Ses parents se sont encore disputés. Ils les ont laissés seuls, son frère et lui. Sa mère est partie à son travail de nuit. Son père, qui devait les garder, a préféré aller se saouler ailleurs. Ils n'ont même pas mangé. Nuno sait cuisiner, mais il n'aime pas ça, à cause de l'installation électrique à laquelle on lui a toujours répété de ne pas toucher, c'est bricolé n'importe comment, ça pourrait prendre feu. Il ferait mieux d'aller chez les voisins, mais il est tard et il n'a aucune envie de les voir.

Son petit frère le regarde avec un grand sourire. Il est toujours de bonne humeur, celui-là, le contraire de

Nuno. On dirait qu'il n'a aucune conscience du monde dans lequel il vit. Parfois ça l'énerve, Nuno, mais la plupart du temps il admire ce petit être joyeux. Il aime prendre soin de lui.

Alors, sans réfléchir plus longuement, il allume le four et attrape des patates dans le filet à côté de l'évier – si on peut appeler cela un évier… l'eau n'arrive même pas par un robinet, on doit se servir avec la grande bouteille ; et pour l'évacuer, il y a une bassine en dessous, qu'il faut vider chaque fois.

On va faire des frites ! Il commence à éplucher les pommes de terre. Le petit veut participer, alors il lui donne l'économe et prend un couteau. Il fredonne la chanson qu'il chante depuis que son petit frère est né, pour l'aider à s'endormir dans le brouhaha de ce taudis. Son *querido* l'imite, il a une jolie voix. Nuno en oublierait presque l'absurdité de cette soirée, et sa colère contre ses parents qui les ont abandonnés.

Mais c'est une chanson beaucoup moins belle qu'il entend soudain, dehors au loin, ponctuée de gémissements. Il se lève d'un bond. La honte et la peur l'envahissent : il va encore devoir ramasser son père sur le trottoir, le soutenir malgré son jeune âge – « Neuf ans, mais il est si grand, c'est presque un homme ! » disent les gens du voisinage – et le ramener à la maison pour qu'il s'écroule sur le matelas. Il ne veut pas que son frère voie ça, il en perdrait son grand sourire. « Je reviens, *meu querido*, ne bouge pas. »

Nuno sort en trombe, et là tout devient flou. Le temps s'allonge. Son père est plus mal en point que d'habitude, Nuno n'arrive pas à le remettre debout. Il sent son haleine alcoolisée, la lourdeur de son corps sur le sien. Ce soir, il doit presque le traîner. Il est fatigué, en colère, et seul. Les larmes commencent à couler sur ses joues. Il entend : « Tu n'es qu'une mauviette. » Il aimerait le laisser là par terre, lui marcher dessus comme ils font tous, lui dire à quel point il est minable. Mais il sait bien que sa famille a besoin de lui. Sans son salaire, sa mère devrait faire deux fois plus d'heures, c'est ce qu'elle lui a dit. Alors il se tait, il le tire de toutes ses forces et il pleure.

Et tout à coup, une odeur de feu. Nuno regarde en direction de chez lui et voit les flammes. Il voudrait laisser tomber son père, mais il a peur que son crâne se fracasse sur le bitume. Il crie à l'aide. Des têtes sortent aux fenêtres, un affolement lui répond, des gens accourent. Les flammes sont trop grandes. Une chaîne humaine se met en place jusqu'à la colline où il y a la fontaine. Nuno hurle de nouveau. Il lâche son père et entend le choc sur le trottoir. Il court jusque chez lui, veut entrer, on l'en empêche. Toute sa force se déploie contre une cage humaine qui l'encercle. « Il est dedans ! » crie-t-il à n'en plus pouvoir. On lui dit que trois hommes ont déjà pénétré à l'intérieur, malgré le risque. Ils y restent ce qui lui semble être une éternité. Puis ils ressortent en toussant, noirs de la tête aux pieds. L'un d'eux a ce petit corps inanimé entre les bras, asphyxié dès les premières flammes. Ils l'allongent à terre et lui font du bouche-à-bouche, puis ils appuient sur sa poitrine. Les femmes autour d'eux pleurent. Des enfants observent la scène par les fenêtres, horrifiés. La chaîne humaine continue à lutter contre le feu. Le père de Nuno est allongé, inconscient mais bien vivant, à cinquante mètres de là. Et lui est planté devant son frère, les yeux fixes et vides. Il ne pleure plus, ne s'époumone plus. Il n'entend et ne voit plus rien de ce qui l'entoure. Ce monde n'existe plus pour lui. Ce monde si moche qui a tué la seule belle chose à laquelle il avait donné naissance.

Sur le banc du *miradouro*, Nuno suffoque dans un demi-sommeil. « Mon petit *querido*, pardonne-moi, mon petit *querido*. » Lui-même ne s'est jamais pardonné d'avoir abandonné celui qui donnait un sens à son enfance pourrie. Il voudrait avoir péri dans les flammes comme lui.

8

« Senhor Zé, Senhor Zé ! Je vous ai apporté votre pain. »

La voix lui est parvenue malgré la fenêtre fermée. Zé, tout heureux, enfile un pantalon et une chemise, vérifie ses cheveux dans le petit miroir de l'entrée – ça n'est pas parce qu'on vieillit qu'on ne peut pas se faire beau pour une femme – et appuie sur le bouton de l'interphone pour ouvrir à Viviane. Il sort de son appartement, se penche par-dessus la rambarde et la regarde monter. Les vieilles marches en bois craquent à chacun de ses pas. Ce son le réjouit, car c'est celui des visites.

Viviane prend garde de ne pas toucher les murs, qui sont dans un piteux état. Quelle élégance, dans sa longue robe, le pain dans une main, un bouquet de fleurs dans l'autre. Ses longs cheveux roux sanguin sont un peu en bataille. Son rouge à lèvres aussi est d'une couleur intense, comme celui des femmes qui travaillaient avec lui à l'usine quand il était jeune. C'était leur manière à elles de montrer leur féminité, malgré leur accoutrement de travail. Elle a du chien, cette femme !

« Bonjour, Senhor Zé ! dit-elle avec entrain.

— Ma chère Viviane, entrez donc quelques minutes, on va aller poser le pain et ces belles fleurs. Vous m'avez encore gâté !

— On me les a offertes à la fin d'une résidence, j'ai pensé qu'elles vous feraient plaisir. »

Zé rougit et ses yeux se plissent. Sa petite moustache se lève pour découvrir un sourire candide.

« Quel beau soleil, n'est-ce pas ! Vous avez le temps pour une balade ? »

Elle acquiesce. « Après il faudra que j'aille répéter quelques morceaux pour mon concerto de demain, je suis très en retard, mais vous avez raison, profitons de cette quiétude matinale !

— Travailler un samedi ! Si c'est pas malheureux, ça… »

Il a dit ça en riant, mais il est tout à fait sérieux. Avant qu'il devienne vendeur, quand il était à l'usine, ses compagnons ouvriers lui ont donné une éducation à laquelle les gens de l'Alfama ont rarement accès. Ils lui ont enseigné l'histoire des luttes ouvrières et même l'histoire tout court. On ne travaille pas un samedi lorsqu'on sait ce que cela a coûté d'avoir droit au repos.

« Laissez-moi vous aider pour les fleurs…

— Non, non, ça va, jeune fille, je me débrouille très bien ! Et ça ira plus vite ainsi, je connais ma maison. Dépêchons-nous d'aller profiter du beau temps. »

Il aime l'éclat de rire que laisse échapper Viviane chaque fois qu'il l'appelle jeune fille. Malgré ses cinquante ans, elle sera toujours plus jeune que lui.

Zé se dirige vers la cuisine, ouvre une porte de placard qui grince, celle qu'il a bricolée la semaine dernière pour qu'elle ne lui reste pas dans les mains, attrape le vase habituel, y fait couler un peu d'eau. Le robinet goutte après qu'il l'a refermé. Il va falloir qu'il s'en occupe cette semaine, ça commence à lui coûter cher en eau, cette histoire. Il saisit le bouquet des mains de Viviane, plonge les fleurs dans le vase et pose le tout sur la table, admirant l'effet produit devant la fenêtre avant de filer dehors. Pas une minute à perdre !

La balade commence par un rituel : le passage au café du coin. Alors qu'ils s'installent, Zé soulève légèrement sa casquette en direction du vieux monsieur qui tient le lieu – et qui ne leur demande pas ce qu'ils veulent, il sait : *bica* pour lui, *sumo de laranja* pour elle, chacun sa manière de se réveiller. Zé salue ensuite le couple assis à la table d'en face – de vraies commères. Ça va encore jaser sur le fait qu'une si belle femme sirote un jus d'orange à côté de lui. Puis il demande à son voisin s'il peut lui emprunter le journal. Il a besoin de tenir quelque chose entre les mains pendant qu'il boit son café. Sa cigarette lui manque depuis qu'il a dû arrêter de fumer à cause de ses problèmes de cœur. Zé le déploie et commente les nouvelles à Viviane, qui le regarde d'un air amusé. C'est tout un spectacle de le voir dans son quotidien, il en est bien conscient. Après s'être essuyé la moustache, il la presse de finir son verre, jette une pièce sur le comptoir, et ils s'en vont. On ne traîne pas !

Zé monte et descend les petites rues, observe mille détails qui l'amusent et les montre à Viviane en levant les sourcils. De temps en temps, il sort un petit bloc-notes de sa poche et se met à griffonner au crayon à papier. Ses yeux rieurs restent fixes, émerveillés par ce qui a attiré son attention. Sur son visage, on voit surtout les rides du sourire.

Alors qu'il dessine, cinq jeunes s'arrêtent à côté de lui, qui lui font lever la tête. « Oh, formidable !... Viviane, je vous présente mes amis de la fac de philo ! » Il sait, en disant cela, qu'il l'impressionne. Cela fait toujours son effet, Senhor Zé au milieu d'une bande d'étudiants. Il les a rencontrés dans un café. Depuis lors, il les y rejoint régulièrement. Il est même invité aux réunions barbecue qu'ils organisent. Il écoute leurs histoires, leur donne des conseils, et c'est lui le chef : il fait griller la viande !

Pourtant, voilà quelques jours que les rôles se sont inversés, ce sont eux maintenant qui essaient de l'aider, mais ça, il ne le dit pas à Viviane.

« Alors, Senhor Zé, ça s'arrange, vos soucis ? »

Zé tripote sa moustache et lâche un petit rire forcé. « Ah, ah, à mon âge, on ne se laisse pas enquiquiner par un malheureux souci. Un de plus ou un de moins, ça n'est pas ça qui va changer la vie ! »

La petite bande se rend compte de son embarras et continue son chemin.

« Ils ont l'air sympathiques !

— Ils sont formidables, vous vous rendez compte de la chance que j'ai ? Ils sont ouverts, généreux, et ils écoutent les anciens comme moi ! En plus, ils m'apprennent tout un tas de notions philosophiques. Par exemple, vous saviez que le positivisme, ça n'a rien à voir avec le fait d'être de bonne humeur, c'est un concept philosophique ? Je vous bluffe, là, Viviane ! Moi je vous le dis, ils sont ma bouffée d'air frais dans ce quartier. »

Viviane sourit, puis le prend par le bras. Ils ont la même taille. Elle se rapproche de lui et lui dit doucement à l'oreille : « Senhor Zé, j'adore votre positivité, mais je vous aime aussi quand vous n'allez pas bien. Alors, dites-moi, de quels ennuis parlaient vos amis ? »

Zé faiblit. Il voudrait conserver son image de petit vieux insouciant et pimpant que rien n'atteint. Mais quelque chose le ronge à l'intérieur. « Allons chez moi, je vais vous faire un thé. De toute façon, il est presque 9 heures, les touristes vont débarquer, il est temps de rentrer ! »

Il a revêtu la table du salon d'une jolie nappe blanc et bleu, façon azulejos. Elle paraît si petite par rapport à la grandeur de la pièce. Puis il a préparé le thé et apporté deux tasses dépareillées et des biscuits. Il est même allé chercher les fleurs de Viviane, qu'il a soigneusement disposées à côté de la théière. Viviane n'a rien pu faire, à part observer les murs qui se craquellent. Chaque fois qu'elle vient, elle demande à Zé s'il n'y a pas une nouvelle fissure. Mais lui se moque et n'y prête pas attention.

Une fois assis, il lui dit à voix basse : « Il y a deux semaines, j'ai reçu la lettre, Viviane. »

Il plonge le regard dans sa tasse, presque honteux de ce qu'il vient de dire.

Viviane répond, gênée : « Quelle lettre, Senhor Zé ? »

Il lève les yeux et la regarde comme une extraterrestre. « Comment ça, vous ne connaissez pas la lettre ? Mais enfin, Viviane, vous vivez vraiment dans une bulle.

— Ça… je dois bien le reconnaître.

— La lettre, c'est celle qui annonce que l'on doit partir de son appartement. »

Le vieil homme oublie un instant ses misères et s'anime. Il aime se replonger dans l'Histoire et transmettre. Il explique à Viviane que la lettre a un point de départ obscur. Parfois il peut s'agir d'une augmentation de loyer. Les loyers étaient gelés à Lisbonne depuis le milieu des années 1940, sous la dictature. Les gens étaient pauvres et, pour éviter la révolte, il leur avait été concédé de petits privilèges, alors ils étaient restés sages. Après la dictature, la situation a perduré. Certains pouvaient, paraît-il, habiter un appartement pour 30 euros par mois, mais Zé n'en a pas rencontré. Lui paie 200 euros, comme la plupart des gens. Il a bien conscience que c'est trop peu pour que le propriétaire puisse entretenir l'immeuble et faire les travaux nécessaires, c'est pour cela qu'il s'en arrange. Les habitations ont leur charme, mais les façades sont en train de rendre l'âme, et l'on se demande si les plafonds ne vont pas vous tomber sur la tête du jour au lendemain…

Dans les années 1980 et 1990, le gouvernement socialiste a entamé un programme public de réhabilitation, notamment dans l'Alfama. C'était avant que Viviane n'arrive. Les maîtres d'œuvre sont venus chez tout le monde, consulter chacun sur ses envies, et ils ont apporté de nettes améliorations aux habitats. Avant cela, Zé n'avait pas de salle de bains ! Puis le gouvernement a changé de camp et ce programme s'est arrêté. La municipalité a alors adopté une autre stratégie : rénover des places publiques pour attirer des investisseurs privés dans ces secteurs. Des jeunes qui avaient un peu de moyens se sont mis à retaper des appartements abandonnés, cela fonctionnait plutôt bien. C'était dans les années 2000, les populations se mélangeaient. Zé était heureux de voir son Alfama accueillir des gens nouveaux, à l'esprit ouvert.

Mais, en 2011, le pays était tellement en crise que la troïka, l'Europe, est arrivée pour gouverner. Elle dictait au parti conservateur en place ce qu'il avait à faire. Face à Lisbonne, magnifique, authentique et ensoleillée, mais en ruine, il lui est apparu que la clef pour la sortir de la misère était de développer son tourisme et son immobilier. Les loyers ont été déplafonnés, ce qui était une bonne chose pour les petits propriétaires. Mais, plutôt que de faire ça de manière encadrée et protectrice pour les locataires, ils ont simplement fait sauter tous les verrous !

Viviane voudrait de temps en temps interagir, mais Zé pose le flot de ses mots au-dessus des siens. « Dites donc, il ne fallait pas me demander de parler pour m'interrompre quelques minutes plus tard ! » Lorsqu'il est lancé, la parole est à lui.

Après que tout a été déverrouillé, les choses sont allées doucement. Certains propriétaires ont fini par oublier leur bien, ils n'avaient pas les moyens de rénover et les logements étaient tellement insalubres qu'ils ne pouvaient pas exiger un loyer plus élevé. Mais d'autres ont compris qu'ils pouvaient vendre à des étrangers, ou à des fonds, désireux d'investir parce que des lois fiscales en leur faveur étaient apparues. Fin 2015, ça s'est mis à s'agiter dans le bocal ! Le principe est simple : les anciens locataires sont expulsés d'une manière ou d'une autre. On leur fait croire que des travaux de longue durée vont être entrepris, ou bien on double le loyer… Ensuite l'appartement est rénové façon Airbnb – Zé est à la page, il connaît cette prétendue économie du partage. Des petits appartements boîtes de sardines, et hop, on loue ça aux touristes lorsque c'est la saison. Les logements sont vides le reste de l'année. On appelle ça des hôtels horizontaux ! Mais qui ne sont pas soumis aux lois de l'hôtellerie…

Trois grands coups donnés à la porte viennent l'interrompre. Les deux amis se figent. Personne ne frappe jamais à la porte de Zé, on sonne à l'interphone, ou on crie à sa fenêtre simple vitrage.

« Ouvrez, monsieur », entend-on résonner dans la cage d'escalier.

La voix est grave, presque menaçante. Zé regarde Viviane, un peu perdu. Soudain sa vieillesse ressurgit, malgré son caractère insouciant et joyeux.

Viviane demande tout bas : « Qu'avez-vous répondu à la lettre, Senhor Zé ?

— Rien, je l'ai jetée à la poubelle et j'ai continué à faire comme si de rien n'était. Après tout, je suis chez moi, et j'ai un bail qui le prouve ! »

Elle sourit. Avec cette phrase, il paraît avoir retrouvé un brin d'énergie.

« Toute ma vie, je n'ai fait que me battre, moi, jeune fille. D'abord en usine, pour nos droits. Puis en tant que vendeur indépendant : faire du porte-à-porte, ça forge le caractère. Et pour survivre à la dictature alors que l'on est communiste, je ne vous dis pas… »

On frappe à nouveau. Quatre grands coups, si forts qu'on dirait qu'ils vont défoncer la porte. Le visage de Zé s'assombrit. Viviane prend les choses en mains, se lève, va ouvrir. Zé se positionne derrière son épaule.

« On ne vous a pas appris la politesse, monsieur ? »

L'homme en face d'elle, musclé comme un héros de film d'action, est décontenancé par la présence de Viviane. Mais il se reprend assez vite.

« J'apporte une petite lettre pour Senhor José, dit-il d'un ton faussement aimable.

— Vous ne pouviez pas l'envoyer par la poste ?

— Il fallait que je m'assure qu'il la reçoive bien.

— Eh bien, faites donc », concède-t-elle.

L'homme tend l'enveloppe à Zé par-dessus l'épaule de Viviane, qui ne bouge pas. Zé saisit le courrier. Viviane et l'homme se regardent. C'est lui qui finit par baisser les yeux.

« À très bientôt », dit-il, en se lançant dans l'escalier d'un pas lourd.

Alors que Viviane l'observe descendre depuis la rambarde, Zé est retourné au salon et a déjà ouvert la lettre. Les quelques mots imprimés en caractères gras sur papier blanc l'informent qu'il doit au propriétaire 3 000 euros, à la suite d'années de présence où l'inflation n'avait pas été prise en compte. Il s'écroule sur le canapé. Les lèvres serrées, il murmure : « Mais où vais-je trouver cet argent ? »

9

C'est le premier week-end de Joséphine à Lisbonne et il n'y a personne à la maison. Menino a franchi le seuil de la porte de bon matin pour aller fêter son anniversaire en famille. Il était embêté de la laisser seule, comme si elle était livrée à elle-même au milieu de la jungle. Il a dit : « Tu es sûre que tu n'as pas besoin que je reste ? » Dans son regard, elle a cru voir la supplication d'un bœuf partant à l'abattoir. Elle a dit : « Non, ça va », et il s'en est allé. Quant à Nuno… on ne sait jamais avec lui, mais pour le moment il n'a pas l'air d'être là. Elle est peinarde !

Elle ouvre grandes les fenêtres du salon, profite du petit air frais matinal et s'en va préparer son café à la cuisine. Son téléphone sonne au loin, ce doit être ses parents, deux profs en grandes vacances. Mais ils ne s'ennuient pas sans leur fille unique. Ils n'ont rien perdu de leurs habitudes de jeunesse et en profitent pour vadrouiller sur les routes de France. Elle les admire chaque fois qu'ils s'en vont à bord de leur petite voiture, avec pour seuls bagages deux sacs dans lesquels ils ont réussi à caser l'essentiel. Ils ne prennent plus la tente, ils ont passé l'âge, disent-ils.

Maintenant, ils s'arrêtent dans des petits gîtes ou maisons d'hôtes. Mais ils emportent tout de même de quoi pique-niquer à l'improviste en pleine nature, et un couchage parce qu'il leur arrive de dormir à la belle étoile. Cela leur rappelle leurs premiers moments ensemble, faits de romantisme et d'aventure.

Joséphine est toujours épatée de voir à quel point ils s'aiment encore, c'est devenu tellement rare. Un jour, elle espère qu'elle trouvera ça, elle aussi. Mais pour l'instant ce n'est pas gagné et, de toute façon, elle est très bien toute seule. Quand on a la chance d'avoir grandi dans l'amour, on est fort à l'intérieur. Elle le sent. On n'a pas besoin de prouver quoi que ce soit aux autres, ça ancre, ça donne confiance.

De la confiance, il en faut quand on s'appelle Joséphine en hommage à Joséphine Baker. Une sacrée femme et artiste, née noire dans une Amérique de la ségrégation, qui a trouvé en Paris un refuge, et qui le lui a bien rendu en se mobilisant pendant l'occupation nazie. Entre la Joséphine de Bashung et celle-là, Joséphine est née moitié rock'n'roll, moitié résistante. Elle lève le poing en l'air et se déhanche dans le caleçon trop grand pour elle qui lui sert de pyjama… avant d'éclater de rire. Décidément, difficile d'assumer cet héritage.

Lorsqu'elle sort de la maison, il est midi et demi. Elle n'a qu'une envie : revoir le *miradouro* qu'elle a découvert avec Menino mercredi soir, y travailler au soleil et y grignoter un petit quelque chose en même temps. C'est ça, la belle vie.

En chemin, elle observe le pavage si particulier des trottoirs de Lisbonne, des petits cubes blancs, mosaïques de calcaire. Ça doit glisser par temps de pluie, ça éblouit quand il fait beau, mais qu'est-ce que c'est joli. Elle entend un bruit de roulettes qui frottent sur le pavé et lève le nez. Derrière elle, un couple avec une petite valise est en train de grimper la rue en brandissant un smartphone pour se diriger.

Joséphine s'arrête dans une échoppe pour acheter quelques fruits en prévision du dessert. La vendeuse est une dame portugaise qui a bien soixante-dix ans. Elle se présente, Dona Amalia, et ne lui laisse pas le temps d'en faire de même. Elle l'appelle *menina* et sélectionne pour elle les meilleurs fruits. Joséphine se sent redevenir une petite fille, quand elle était dans la cuisine de sa grand-mère algérienne en banlieue toulousaine, que celle-ci lui cuisinait des pâtisseries orientales et lui choisissait les meilleures dattes, juste pour elle, avant que ses cousins et cousines n'arrivent.

Lorsqu'elle sort, Joséphine manque de heurter une bande de quatre jeunes Français. Ils tiennent aussi des valises à roulettes d'une main, et de l'autre un smartphone en mode GPS. Ils cherchent leur Airbnb. C'est l'épidémie, ce matin !

Cette fois, elle atteint le *miradouro* en passant par la grande grille ouverte. Là-haut, un monsieur est en train de sortir des tables et des chaises. C'est le fameux café. Il lui sourit et lui fait signe de s'installer à la table qui est déjà prête. Quel havre de paix. L'endroit est désert et on entend les cigales. Au loin, le Tage brille. Merci, Menino, pour cette découverte !

Joséphine rêvasse en sortant ses affaires, trois gros livres, un classeur et des feuilles volantes. Avec tout cet attirail, la table est déjà recouverte. Le monsieur vient lui apporter la carte. Ce sera une infusion à la menthe et un *tosta mista* pour elle ! Il s'amuse de la voir au milieu de ses livres.

« On a plein d'étudiants qui viennent travailler ici, vous savez ? »

Joséphine l'imagine volontiers. Est-ce qu'on peut rêver meilleur endroit pour étudier ?

D'un coup d'œil, il aperçoit un ouvrage qui retient son attention.

« Un livre d'architecture… Il y a de quoi observer, ici, avec toutes les rénovations d'immeubles. »

Elle confirme. En chemin, elle a vu les belles façades qui brillent avec leurs carreaux de faïence.

« Ce qui est dommage, c'est qu'on ne puisse pas y habiter. »

Joséphine reste silencieuse.

Lui poursuit : « Les rénovations, ça n'est pas fait pour nous, c'est pour les gens comme vous. »

Il a dit ça sans aucune agressivité, mais Joséphine se sent l'envie de se justifier.

« Vous savez, je ne suis là…

— … que temporairement, oui.

— Et j'habite avec des Portugais dans un immeuble tout déglingué !

— Aaaaah ! Bienvenue dans la vraie vie lisboète alors ! »

Il rit et s'en va préparer une sorte de croque-monsieur. Joséphine se plonge dans ses livres. Complètement absorbée par son sujet, elle n'entend plus les oiseaux autour d'elle, ne voit plus la beauté du paysage. Pourtant, on le lui a déjà demandé, pourquoi se passionner pour des immeubles aussi moches que les logements sociaux ? Mais parce qu'il y a des gens dedans, pardi ! Et parce qu'elle n'est pas la première à s'y intéresser. Heureusement, certains architectes ont mis du cœur dans leurs constructions, et cela se ressent dans la vie de ceux qui y habitent.

Lorsqu'elle émerge de sa concentration pour attraper l'assiette qu'on lui tend, Joséphine se rend compte que toutes les places sont maintenant occupées. Elle range en vitesse ses affaires et s'attable avec des yeux gourmands. Son regard se pose au loin, mais le calme autour d'elle a disparu. À sa gauche, un jeune Québecois est en plein appel vidéo sur son smartphone avec son colocataire de l'autre côté de l'Atlantique. « Tu te rends compte, ils ont le wi-fi dans un café au milieu d'un parc ! On a du progrès à faire par chez nous, on est bien en retard. »

Joséphine n'avait même pas remarqué qu'il y avait Internet. Elle saisit son téléphone et se dirige vers la petite cabane qui abrite le comptoir pour demander le code. En chemin, elle observe trois barbus assis dans des poufs confortables, autour d'une table basse. Elle les entend parler business. « Avec ça, on est sûrs de doubler la mise en trois ans. Les gars, c'est énorme ! Lundi, on en parle aux investisseurs, je suis sûr qu'ils seront chauds ! » En revenant s'asseoir, elle remarque une famille d'Allemands qui habite sûrement ici, car ils n'ont pas l'air de touristes.

Sur son téléphone, pas de nouvelles de Rosa. Elles doivent se retrouver cet après-midi, mais elle ne sait pas encore où. Il lui reste du temps pour finir tranquillement son repas en écoutant les conversations de ses voisins. Rien de bien passionnant.

Alors qu'elle s'apprête à ressortir ses livres, le monsieur vient la voir avec l'addition.

« Je pensais reprendre un thé, avec un *pastel de nata*.

— Dans ce cas-là, jeune fille, vous vous mettez sur le côté, je vais vous apporter une chaise. Il y a du monde qui attend une table. »

Joséphine se retourne et voit sept personnes qui patientent, debout à côté de la cabane. Elle s'excuse, paie, range ses affaires et s'en va. Menino n'est pas très à la page, son lieu de rêve n'a plus rien de secret.

10

Viviane est partie de chez Senhor Zé le cœur lourd. Elle réfléchit à la manière dont elle pourrait l'aider. Cela fait quelques mois maintenant qu'elle ne reste plus les bras croisés pour Lisbonne, sa terre d'accueil qui lui a permis de devenir femme et pianiste.

Il y a un an et demi, en marchant dans l'Alfama à la recherche d'inspiration hivernale, Viviane a commencé à remarquer que des arbres disparaissaient. C'était étrange. Ils disparaissaient et laissaient place à du béton. Des étendues de béton sur lesquelles rien n'était construit.

Sur Internet, elle est tombée sur un collectif de défense des arbres et l'a rejoint. À la première réunion, alors qu'elle s'attendait à rencontrer un groupe d'écolos, elle s'est retrouvée face à des personnes en costume trois-pièces. Chacun était là un peu dans la clandestinité, parce que c'était insupportable de voir disparaître ces grands arbres à l'ombre desquels on avait l'habitude de lire et d'imaginer sa ville se faire ensevelir sous le béton.

Elle a appris que la mairie et la corruption étaient en cause. Cela a réveillé une colère en elle, elle a revu le Ménilmontant de son père et a dit : « Il faut agir ! » Les gens étaient bien d'accord, mais ils ne savaient pas comment. L'un d'eux était avocat et avait monté un dossier juridique pour informer la petite assemblée des recours possibles, une autre avait réalisé un tract et les plus téméraires – certainement les moins haut placés – avaient été envoyés au casse-pipe pour les distribuer sur le marché le samedi matin. Mais ils n'avaient pas osé aborder les passants et étaient restés plantés comme des piquets dans un coin de la grande place.

« Je vais faire un concert ! a alors annoncé Viviane, très enthousiaste. Sur la place du marché, avec mon piano. Les tracts resteront sur le piano, il n'y aura pas besoin de les distribuer, les gens seront attirés et pourront se servir.

— Mais enfin, Viviane, où est votre piano ?

— Chez moi, il ne me quitte pas !

— À quel étage habitez-vous ?

— Au troisième. »

Ils sont restés perplexes. Mais puisque Viviane semblait avoir le feu en elle, un feu contre lequel on ne peut rien, ensemble, ils ont rendu cela possible. L'un a trouvé deux déménageurs de confiance – ils n'ébruiteraient pas leurs manœuvres –, l'autre un ouvrier muni d'un camion, et tous ont réglé la note – sauf Viviane, qui avait confié qu'elle n'en avait pas les moyens, chacun son rôle.

Le concert a eu lieu, il a attiré le voisinage. Viviane était comme habitée par quelque chose de plus grand qu'elle, et elle a reçu une salve d'applaudissements le jour même, puis plus tard à la réunion suivante. Il était clair que sa propension à l'action et son excentricité plaisaient. Bien qu'aucun ne soit prêt à la rejoindre sur le devant de la scène, ils la soutenaient et l'admiraient.

Au fil des mois, après les arbres, des immeubles ont commencé à tomber, eux aussi. Au début, il s'agissait d'habitations en ruine. Et puis, un jour, ça a été le tour d'un bâtiment public, une ancienne poste. Elle était vieille, certes, avait besoin d'un grand coup de rénovation et n'était plus en service, puisque les habitants du centre se faisaient de plus en plus rares. Mais c'était une hérésie de vouloir faire disparaître ce magnifique bâtiment qui appartenait à l'histoire lisboète et qui participait à son charme.

Alors, les membres de l'association de défense des arbres se sont orientés sur un nouveau combat. Cette aventure était bien plus houleuse, et rappelons que nos amis n'étaient pas téméraires. Cependant, ils ont appris à ruser. En faisant secrètement jouer leurs relations, ils ont déniché l'information que la poste serait remplacée par une série de boutiques de luxe. Ils n'ont pas compris, au début, qui cela pouvait intéresser. Mais une lueur s'est faite lors d'une autre réunion : si l'on mettait du luxe à disposition, il fallait bien que cela soit pour quelqu'un, on allait donc aussi voir apparaître des hôtels de luxe, suffisamment pour arriver à rentabiliser tout un complexe ! Et peut-être que cela se ferait sur le plus grand espace de l'Alfama : la place du marché ! Le lieu de rencontre de tout un quartier, de toute une ville. On ne pouvait pas laisser faire ça !

Mais quand il s'est agi de passer à l'action, Viviane s'est retrouvée face à une assemblée de gens qui regardaient leurs pieds. Aller contre la municipalité et les grandes forces immobilières de Lisbonne, il est sûr que c'était risqué. Alors, à nouveau, elle a pris le flambeau.

Elle a d'abord rédigé quelques lignes dans lesquelles elle a mis tout son cœur et les a postées sur Internet. Son texte a touché des gens qu'elle connaissait, qui n'étaient pas au courant que ces lieux publics allaient bientôt partir en fumée, et qui l'ont partagé avec d'autres. Puis il lui a échappé et a fait le tour de Lisbonne. Quelques jours plus tard, une vingtaine de personnes se disaient prêtes à l'aider dans ses prochaines actions, des artistes pour la plupart, portugais, anglais, français.

Puisque le piano avait su mobiliser, ils ont eu l'idée de ne pas le cantonner à la place du marché et de le rendre mobile. Viviane a ri aux éclats. Disposer d'un piano mobile était un rêve de jeunesse qui jusqu'ici ne s'était jamais concrétisé. Les moyens des membres de l'association et la mobilisation des volontaires ont permis de créer une plateforme idéale pour l'instrument, montée sur une remorque. Viviane et son piano ont ainsi fait le tour de la ville, entourés d'autres musiciens. À la télévision, on a parlé d'une bande d'hurluberlus qui tentait d'attirer l'attention dans les rues de Lisbonne.

Pour être pris au sérieux, le temps était venu de passer à une autre étape. Le petit groupe des arbres a rédigé une pétition. Cette fois, on savait qui était derrière le projet de la poste, et on commençait à avoir confirmation que cela s'étendrait aussi au marché. Sur la pétition, on a fait figurer le nom du conseiller municipal mêlé à toute cette affaire, et celui de la société immobilière, Lisboa Nova. Puis Viviane est partie faire du porte-à-porte dans le quartier. Des heures et des heures de discussion. Ils étaient encore bien trop nombreux à ne pas être au courant.

Ensuite, elle s'est rendue au conseil municipal, ouvert aux citoyens à condition qu'ils montrent patte blanche à l'entrée. Elle était accompagnée d'une amie. Ensemble, elles ont réussi à faire bonne figure. Pour l'occasion, Viviane avait noué sa chevelure sauvage en chignon et recouvert sa longue robe d'un beau gilet assorti d'une broche, comme lorsqu'elle donne des concerts dans des palaces. Elles ont expliqué que des préoccupations de citoyens leur avaient été remontées dans leur quartier, et qu'elles s'étaient engagées à les rapporter. On les a laissées entrer.

Elles pensaient pouvoir déposer la pétition à l'un des conseillers, mais une dame est venue leur proposer de parler en public. Son amie a regardé ses pieds. Viviane a eu une montée d'adrénaline, elle n'avait rien préparé, mais dans un élan elle a accepté. Elle a défait son chignon, enlevé son gilet, s'est rendue sur l'estrade et a pris le micro. Elle ne se souvient plus exactement de ce qu'elle a dit, mais bien de ce qu'elle a ressenti. Quelque chose de fort. Comme si cette ardeur qui l'habite, et parfois l'agite, venait de trouver une place, comme si elle s'apaisait et prenait enfin forme dans un combat légitime.

Le lendemain, sa photo circulait sur les réseaux sociaux, prise par un Portugais qui soulignait qu'une Jeanne d'Arc était en train de défendre la ville de Lisbonne, tandis que les Lisboètes se laissaient faire. Viviane s'est amusée de la comparaison et ne s'est pas étonnée du constat sur les habitants de Lisbonne. Cinquante ans de conditionnement sous la dictature, où l'on apprend à ne pas choquer et ne pas aller contre l'autorité, ça bride les envies de rébellion… Il est sûr que c'est différent quand on est français. Mais Viviane s'est souvent sentie seule. Elle aurait aimé être plus entourée, et parfois elle a maudit le caractère des Portugais qui s'accommodent de tout ce qui se passe. Celui-là même qui les rend capables d'apprécier la vie dans sa simplicité.

Ce jour-là à la mairie, cependant, une jeune femme portugaise très en colère est intervenue. Elle a commencé son discours par des mots très durs : « Vous détruisez des familles, des femmes, des enfants, vous mettez à mal leur survie, vous anéantissez leur psychisme… », et ensuite le micro a été coupé. Elle a bien essayé de crier pour qu'on l'entende, mais la police l'a expulsée du conseil municipal. C'était très violent.

En se remémorant la scène, Viviane prend conscience que cette femme pourrait l'aider pour son ami Zé. Il faut qu'elle trouve le moyen de lui parler. Elle a envie de connaître le combat d'une Portugaise qui a ce cran-là, qu'elle-même n'aurait pas.

Elle ouvre son ordinateur et se lance dans une recherche pour trouver des images, des commentaires, sur ce fameux conseil municipal. Bingo ! La jeune femme s'appelle Rosa, elle fait partie de l'association Tectos, qui lutte pour que chacun ait le droit à un toit. Et aujourd'hui, en fin d'après-midi, elle organise un rassemblement. C'est le jour de chance de Viviane !

11

Joséphine arrive à l'adresse que lui a indiquée Rosa. C'est une petite rue en pente pas loin de chez elle. Un homme et deux femmes qui ont l'air d'avoir entre trente et quarante ans sont en pleine discussion, dans un portugais parfait, mais on sent bien qu'ils ne sont peut-être pas natifs d'ici. Lui se roule une cigarette en même temps qu'il parle. Son accent est difficile à identifier. Peut-être italien.

« *Olá*, dit Joséphine.

— *Olá* », répondent-ils en chœur.

Elle pénètre à l'intérieur et se retrouve dans un long et large couloir. De chaque côté, des livres sont disposés, sur des étagères, sur une table, dans une bibliothèque. De petits panneaux posés çà et là indiquent FREE, GRATUITO. Joséphine observe les titres. Aux livres de littérature classique et moderne se mêlent des ouvrages sur le logement et les combats sociaux du XXe siècle.

Elle rejoint un bar qui fait face à une grande salle, dans laquelle il y a de nombreuses chaises entreposées et un rétroprojecteur. « C'est notre salle polyvalente », lui lance Rosa, qui est derrière le comptoir.

Joséphine ne l'avait pas vue ! Toutes deux se mettent sur la pointe des pieds de part et d'autre du zinc et s'embrassent avec tendresse. Voilà longtemps qu'elles ne se sont pas donné de nouvelles. Joséphine a bien essayé, seulement Rosa n'est pas très douée pour ça. C'est une amie fidèle et entière, mais les conversations à distance, ça n'est pas son truc !

Elles prennent le temps de se retrouver, et Rosa raconte. Lorsqu'elle est revenue de Paris, à l'été 2016, elle s'est sentie étouffer. Le centre s'était rempli de touristes, on ne pouvait plus s'y promener en paix. En un an, Lisbonne avait subi des changements qu'elle n'imaginait pas possibles en si peu de temps. Elle s'en est voulu d'être partie étudier les effets d'Airbnb ailleurs, alors que cette même entreprise était en train de ravager sa ville.

En faisant des recherches, elle a découvert que la plateforme n'était pas la seule coupable. Le gouvernement avait mis en place des lois fiscales pour favoriser les investissements immobiliers étrangers. L'une de ces mesures, appelée le *Golden Visa*, accordait par exemple la nationalité portugaise, et par là même européenne, à toute personne investissant 350 000 euros dans un bien immobilier remplissant certaines conditions, ou 500 000 euros sans condition. C'était une aubaine pour les Chinois, les Russes et tous les étrangers qui avaient envie de venir faire du business en Europe, et pour qui cette somme représentait bien peu de chose.

Le gouvernement avait aussi instauré une fiscalité favorable aux Européens, leur permettant d'investir ou même de s'installer à moindre coût. En France, fin 2015, après les attentats du Bataclan, on a vu fleurir des publicités sur le Portugal dans les magazines et sur les réseaux sociaux. Ce pays était présenté comme un eldorado ayant tous les atouts : la mer, le soleil, la douceur de vivre, l'authenticité. Des images aux mille couleurs ont pris place sur tant d'écrans qu'on a vu un afflux de Français, certains venus pour passer quelques jours de vacances, d'autres voulant changer de vie.

On a pu vanter les mérites de cette politique gouvernementale : Lisbonne est devenue plus belle. Mais il faut se rendre à l'évidence, ça n'est pas au profit de ses habitants. En quelques années, les loyers ont explosé. Il est désormais très difficile pour la plupart des Portugais d'acheter un logement dans leur capitale, mais aussi, pour beaucoup, de s'y loger tout simplement. Nombre des amis de Rosa ont dû quitter l'endroit où ils vivaient et s'installer toujours un peu plus loin du centre. Jusqu'au jour où ils devront quitter la ville, ils en ont bien conscience. C'est ce qui arrive aux personnes âgées qui n'ont pas de moyens. Quant aux jeunes qui d'habitude viennent du reste du pays pour étudier à l'université de Lisbonne, certains ont dû renoncer faute d'avoir trouvé un logement décent et abordable. Rosa ne peut pas le supporter.

Mais le pire, c'est sans doute ce que vivent toutes ces mères isolées que Rosa et les membres de Tectos soutiennent. Ces femmes ont perdu leur logement à la suite d'augmentations exorbitantes de loyer. Elles élèvent leurs enfants seules et ont un travail précaire. Pour ne pas se retrouver à la rue, elles retournent vivre chez leurs propres mères, qui ne roulent pas non plus sur l'or et habitent dans des logements sociaux. Être nombreux dans de tout petits appartements, ça n'est pas toujours simple. Alors, quand elles prennent conscience que sur le même palier existent des appartements vacants et que la mairie n'en fait rien, elles se mettent à les occuper. Tectos les y aide. C'est vrai, ça n'est pas légal, mais il y a des fois où la légalité passe après la survie et le bon sens. Lorsque la municipalité s'est rendu compte de ces occupations, elle a commencé à organiser des expulsions. Et là encore, les membres de Tectos se sont mobilisés.

Les trois jeunes qui étaient à l'extérieur viennent mettre fin à leur conversation : « C'est l'heure d'aller au rassemblement ! » Rosa n'avait pas prévenu Joséphine, mais elle devait s'y attendre… Avec elle, c'est comme ça, on ne chôme pas, il faut toujours se tenir prêt à l'action. Elles se lèvent et sont sur le point de partir lorsqu'une femme pénètre dans les lieux et se dirige droit vers Rosa : « Je suis Viviane, j'ai assisté à votre intervention lors du dernier conseil municipal. »

Rosa sourit et se tourne vers Joséphine : « Ça, c'est un épisode qu'il faut que je te raconte. Moi qui pensais que ça avait été un fiasco, depuis, je ne fais que des rencontres ! » Puis elle regarde Viviane dans les yeux, d'un regard chaleureux qui semble accueillir une nouvelle recrue : « Viviane, nous ferons connaissance plus tard, pour l'heure nous allons sur le terrain, vous êtes des nôtres ? »

Viviane brandit un rouleau de tissu. « J'ai fabriqué une banderole, dit-elle fièrement.

— Je crois que nous allons bien nous entendre ! Viviane, voici Joséphine, française comme vous, même si votre accent presque parfait a failli me tromper. Allons-y, on est attendus ! »

12

Joséphine, Rosa et Viviane se sont mises en route, accompagnées de l'homme et des deux femmes qui discutaient dehors. Lui, c'est Andréa, il est italien, comme Joséphine l'avait imaginé. L'une des femmes est espagnole, la dernière est portugaise et s'appelle Linda. Dans cette petite assemblée, ils sont tous en train de faire une thèse, sauf Viviane et Linda, qui sont respectivement pianiste et danseuse.

« On va rejoindre d'autres personnes sur place ? » demande Joséphine.

Rosa acquiesce. Et Andréa met les deux Françaises au parfum : il s'agit d'un rassemblement contre la fermeture d'un *miradouro* qui, semble-t-il, a vocation à être privatisé.

« Mais ça n'a aucun sens de privatiser un *miradouro* ! s'exclame Joséphine, avec la fréquentation touristique que cela représente…

— C'est bien ce qu'on essaie de leur faire entendre, lui répond Rosa du tac au tac. Mais ils disent qu'on joue sur tous les tableaux et qu'on se met maintenant à défendre le tourisme. Ils sont de mauvaise foi, ils savent très bien que les *miradouros* sont aussi fréquentés par les Lisboètes. Même si, c'est vrai, ils y viennent de moins en moins à cause de l'affluence. Disons que ça n'est plus vraiment l'endroit où l'on peut trouver un peu de paix. Je me rappelle quand j'y passais des heures, tous mes livres autour de moi. »

Joséphine sourit en pensant à sa tentative de midi.

Viviane prend soudainement la parole. Elle est si excitée d'avoir trouvé des camarades d'action qu'elle en avait oublié pourquoi elle était là. Alors, elle raconte Senhor Zé et la lettre.

« Aïe, la lettre », disent en chœur quatre voix. Joséphine est visiblement la seule à qui la référence manque. Andréa, tout de suite, se lance à sa rescousse et lui explique de quoi il s'agit. Puis Viviane mentionne le gorille venu frapper à la porte de Zé.

« Ils osent tout, s'indigne Rosa, je te jure. » Et des larmes lui montent aux yeux.

« Moi, je leur mettrais bien mon poing dans la gueule ! » renchérit Andréa.

Linda se retourne : « Andréa, qu'est-ce qu'on a dit ?

— Ça va, ça va, je ne vais rien faire, évidemment. »

Rosa pose quelques questions à Viviane sur Senhor Zé : est-ce qu'il a plus de soixante-cinq ans ? Est-ce qu'il occupe son logement depuis plus de quinze ans ? Le bail est-il à son nom ? Oui ! Alors il est possible de faire quelque chose. L'expulsion n'est pas légale, et ensemble ils vont pouvoir le faire comprendre au propriétaire, avec des arguments juridiques.

Viviane remercie le petit groupe, la voilà rassurée pour Senhor Zé. Lui qui est si lumineux et qu'elle a vu se décomposer pour la première fois aujourd'hui.

Lorsqu'ils arrivent sur place, ils constatent que le *miradouro* est ceint de grands grillages de trois mètres de haut. On ne peut déjà plus y accéder.

« Ils ont fait ça il y a quelques jours, on n'a pas su, sur le moment, sinon on aurait essayé de les en empêcher », dit Andréa, avec un peu de défi dans la voix.

Joséphine observe la vue au loin, magnifique et dégagée. Le Tage est proche et l'on en voit presque toute la largeur. On se croirait en bord de mer.

« Maintenant on ne peut plus profiter de la vue qu'attablé à ce bar, en contrebas. » Andréa est resté à côté d'elle et lui commente ce que ses yeux découvrent. « Je te dis pas le prix du verre ! »

Joséphine pense à ses parents, qui ont déjà dû venir s'enlacer ici, à la nuit tombée. Si l'on ne fait rien, ces souvenirs vont disparaître. Et de nouveaux ne naîtront jamais. On ne peut pas laisser faire.

Tous ont le cœur serré. Cette barrière entre eux et un paysage si riche et généreux est incompréhensible. Seuls Andréa et Rosa avaient déjà vu les dégâts. Ils sont en train d'accrocher des affiches aux grilles : « LISBONNE N'EST PAS À VENDRE », « NOUS AVONS LE DROIT À LA VUE », « RENDEZ-NOUS NOTRE MIRADOURO ». Puis ils installent un petit ampli, Rosa branche un micro, et quelques personnes les rejoignent. Ils sont maintenant une trentaine. Une trentaine… pour défendre un symbole si important de la ville. On est loin des rassemblements parisiens. Joséphine ne devrait pas comparer, mais c'est plus fort qu'elle.

Comme si elle avait pensé tout haut, Andréa apparaît de nouveau :

« C’est désespérant, j’imagine, pour une Française, de voir si peu de monde pour une noble cause ! Moi aussi, j’ai du mal à m’y habituer. Tu sais, dans ce genre d’événements, il y a moitié d’étrangers. Au moins !

— Oui, mais nous, on est là, rétorque Linda qui l’a entendu. Il ne faut pas en vouloir aux Portugais. Ça n’est pas dans notre culture, pas dans notre caractère. On est un peuple conciliant, accueillant. Je crois que la plupart d’entre nous ne s’imaginent même pas ce qui se trame à Lisbonne, c’est aussi cela, le vrai problème ! »

Joséphine se tourne vers Viviane, qui est toujours en train de regarder la scène. Les gens sont éparpillés en petits groupes, ils discutent de la situation entre eux, en attendant que Rosa prenne le micro. De temps en temps, des touristes passent, remarquent à peine qu’il y a un rassemblement et avancent frénétiquement vers leur prochain « point de vue à faire ». Puisque celui-là est fermé, on passe au suivant ! Les plus jeunes s’arrêtent tout de même pour prendre les panneaux en photo. C’est écrit en portugais, ils n’ont aucune idée de ce que ça veut dire, mais, avec le grillage et la vue derrière, ça fait une jolie composition. Du street art !

Joséphine est intriguée par Viviane. Pour l’instant, celle-ci n’a pas dit grand-chose sur elle.

« Je ne sais pas comment mobiliser plus de gens, cela fait un an que je me bats pour ça dans l’Alfama, sans succès la plupart du temps, soupire Viviane. En revanche, ce que je sais, c’est qu’à nous tous, même en petit nombre, on peut être beaucoup plus visibles. C’est une question de… de mise en scène ! »

Une lueur s'allume dans les yeux de Linda. « Alors là ! Je suis complètement d'accord. Tu vois, Rosa, la mise en scène !

— Oh, bah, je suis pas artiste, moi ! Je t'assure, Viviane, que quand on débarque à vingt familles dans les locaux de la mairie pour contrer l'expulsion d'une mère et de ses deux filles, on n'a pas besoin de mise en scène, on est entendus ! C'est notre détermination qui compte. »

Joséphine connaît bien Rosa. Elle se concentre sur le fait de rassembler, d'atteindre les politiques, d'influencer, de trouver des solutions pour reloger ceux qui n'ont plus le droit à un toit. Mais sûrement, en alliant les compétences, on pourrait faire encore mieux.

« Je crois qu'elles ont raison, Rosa, regarde le nombre de touristes qui défilent. S'ils savaient vraiment ce que l'on fait, ça pourrait peut-être changer la donne…

— Mais pourquoi vous essayez de me convaincre ? Je ne suis pas cheftaine scoute, moi, allez-y, les filles, prenez des initiatives ! »

Elle regarde Andréa avec un petit sourire.

« Enfin, les filles, façon de parler.

— Je sais bien que je suis en minorité, t'inquiète. »

Tiens, c'est vrai, Joséphine n'avait pas fait attention à ça. Dans le groupe, il n'y a quasiment que des femmes. Cinq hommes à peine. C'est étrange. De nouveau, Andréa surgit derrière son épaule : « C'est chaque fois comme ça. Que des femmes ! J'ai un couple d'amis qui devaient se faire expulser de chez eux, à Graça. Quand ils ont reçu la lettre, la fille a dit : "On va se battre !" et lui a répondu : "Ça ne sert à rien, ne t'inquiète pas, on va plutôt se démener pour trouver quelque chose d'autre." Mais elle ne l'a pas écouté, elle s'est battue, on l'a aidée à le faire, et ils y sont toujours ! Les femmes, je te dis, les femmes, elles sont notre salut ! »

Tout en écoutant Andréa qui lui parle en agitant ses mains frénétiquement, Joséphine croit apercevoir Nuno sur sa moto, en arrière-plan. Une fille est plaquée contre son dos et prend une photo de la scène. Le visage de son colocataire est caché derrière un casque intégral, mais la visière est relevée. Au moment où leurs regards se croisent, ni une ni deux, la moto démarre.

13

Menino est rentré épuisé de sa journée. Il a trouvé une place pour sa petite voiture presque en bas de la maison – une chance ! –, mais il n'est pas monté directement chez lui. Il ne pouvait pas finir cette journée d'anniversaire sans aller voir son grand-père de cœur. La seule personne qu'il avait vraiment envie de voir aujourd'hui.

Ça n'est pas qu'il ne les aime pas, les autres. Évidemment, il les adore. Mais ils sont fatigants, et toujours sur son dos ! Heureusement qu'il y a les deux petits, avec qui il peut s'échapper pour jouer. En plus, il a mangé comme un cochon, et ça, c'est vraiment épuisant. Il faut dire qu'il y avait toutes ses pâtisseries préférées (après les *pastéis* bien sûr) : *travesseiros*, *amigos na cozinha*, *azevias de batata doce*, *croquetes de ovo*, *ovos moles*, *broas de cenoura et noz*, *broas de mel*… Des œufs, du miel, du sucre, il en salive encore ! C'était tellement difficile de choisir qu'il a mangé de tout sous le regard amusé de ses neveu et nièce. Et alors qu'il était sur le point d'exploser, sa mère lui a dit : « Tu ne vas pas m'en laisser quatre, c'est ridicule ! Allez, trois pour toi, une pour ton frère. » Comme s'ils avaient encore quatre ans.

« Sacrée Maman. On l'aime quand même, malgré ce qu'elle nous fait subir. » Ils se sont dit ça en secret avec son frère, derrière la porte de la cuisine. Mais ils le savent tous deux, c'est Menino, le plus jeune, qui trinque le plus. Parce que le grand, lui, a fait tout ce qu'il fallait : il a rencontré sa femme pendant ses études d'ingénieur, s'est marié, a fait deux beaux enfants, un garçon, une fille, puis il a évolué vers les métiers de l'informatique pour se mettre à l'abri du chômage et avoir un bon salaire. Un sans-faute.

Il est 20 heures lorsque Menino sonne à l'interphone. L'hiver, il n'oserait pas, c'est un peu tard pour une personne âgée, mais l'été, il peut se le permettre. Senhor Zé apparaît à la fenêtre avec un visage un peu fermé, c'est la première fois que le jeune homme lui voit une telle expression. Mais dès lors que son ami le reconnaît, un grand sourire s'affiche sur son visage. « *Parabéns*, Menino ! Je t'attendais ! J'ai quelque chose pour toi ! »

La grande porte en bois s'ouvre d'un clic, et Menino s'engouffre dans le bâtiment. Il fait bien attention à ne toucher ni les murs ni la rambarde et il monte les marches quatre à quatre, tel un gamin. À mi-chemin, il s'arrête, lève la tête et observe Zé qui est penché sur la rambarde. Un de ces quatre, il va passer par-dessus, le vieux. Mais bon, Senhor Zé est un vieux matou, il retombera toujours sur ses pattes, se dit-il en pouffant de rire à cette idée saugrenue.

Lorsqu'ils se retrouvent face à face, ils échangent une poignée de main pleine de tendresse et de respect. De tout son entourage, Senhor Zé est le seul à ne pas le serrer dans ses bras comme un saucisson. Lui, et Nuno aussi. Mais Nuno, c'est autre chose, il n'embrasse jamais personne.

Senhor Zé se dirige vers le salon. « Viens donc par là. »

Menino s'exécute et lui tend un petit sachet de pâtisseries qu'il a réussi à subtiliser chez sa mère. C'était ça de moins à devoir manger pour lui, et il connaît la gourmandise de son ami. Ça n'est pas leur seul point commun, mais disons qu'il est important.

« Voilà qui ne va pas plaire à mon médecin ! Mais à quoi sert de vivre vieux si ça n'est pas pour se faire plaisir ? Je préfère de loin m'arrêter quand ce sera l'heure et avoir bien profité plutôt que vivre jusqu'à cent ans comme un moine. »

Ils pénètrent dans le salon. Un objet recouvert d'un drap blanc trône au milieu de la grande pièce.

« Senhor Zé, ne me dites pas que…

— Mon grand, tu ne crois pas que ça a assez duré de te trouver des excuses pour ne pas te mettre au boulot ? »

À ces mots, il retire le drap et laisse apparaître un chevalet, sur lequel sont déjà disposées de grandes feuilles à dessin, et aussi une boîte de crayons noirs de différentes tailles.

« Avec ça tu peux t'autoriser à voir grand, Menino. »

Le jeune homme ne sait que dire. Il connaît les maigres moyens de Zé, il sait qu'il lui a fallu économiser sur sa petite retraite pour pouvoir lui offrir ça. Il sait aussi qu'il aurait rêvé qu'on lui fasse ce cadeau lorsqu'il était jeune. « *Muito obrigado*, Senhor Zé, *muito obrigado* » sont les seuls mots qui arrivent à sortir. À l'émotion s'ajoute la pression. Il va bien falloir qu'il fasse quelque chose de tout cela, maintenant. Il reste figé face au chevalet alors que son hôte leur prépare une tisane et revient avec les tasses, la théière et les friandises disposées dans une assiette.

« Gardez les pâtisseries pour vous, Senhor Zé, j'en ai déjà bien trop mangé aujourd'hui.

— Ah, tu n'as toujours pas réussi à dire non à ta mère ? Sacré Menino. Ça viendra, ça viendra. »

Menino imite alors sa mère et son affection imposante. Puis il se mime lui, en gamin submergé. Les deux amis éclatent de rire. Avec le vieil homme, Menino arrive à prendre conscience de ce qu'il est. Parce qu'il n'y a pas de jugement, on rigole simplement.

Et voilà Senhor Zé parti dans un monologue. Il raconte comment, dans sa jeunesse, il s'est émancipé de ses parents. S'il ne l'avait pas fait, jamais il ne serait devenu ce qu'il est, ce gamin de l'Alfama différent des autres, attiré par le dessin plus que par les commérages, prêt à tout pour recevoir une éducation et rompre la fatalité de sa naissance dans le quartier. Zé, lui, a exploré d'autres contrées, et il est revenu dans l'Alfama par choix, après son divorce.

Que dire aussi d'un homme de cette génération qui ose divorcer ? « Ça n'était pas la bonne… Je m'étais trompé, que veux-tu, ça arrive. Toi, tu prends le temps, c'est bien. » Menino l'admire. Ils parlent rarement d'amour, tous les deux. Pour une fois qu'on ne l'embête pas avec ce sujet, Menino est content. Mais, parfois, il aimerait bien se confier sur son incapacité à regarder les femmes comme de potentielles compagnes.

Pour retourner chez lui, il marche trente minutes, le chevalet dans les bras. Joséphine est à la maison, une tisane entre les mains. Il s'assoit sur le canapé en face d'elle, et tous deux se racontent leur journée. C'est elle qui commence. Parce qu'il est ainsi, il pose toujours des questions aux autres. Il aime leur faire plaisir, les découvrir. Il affectionne particulièrement ceux qui ne sont pas d'ici, qui lui ouvrent des horizons.

Mais il ne s'attendait pas à ce qu'il vient d'entendre : on veut privatiser un *miradouro* ? C'est un crime ! On veut mettre des vieux à la porte ? Dans quel pays vit-on ! Ici, c'est la solidarité qui prime ! Pour la première fois depuis qu'elle est arrivée, Joséphine lui apparaît sous un jour nouveau. Elle qui semblait si douce et parfois fragile, ce soir, il lui découvre une détermination à toute épreuve.

Puis c'est au tour de Menino, parce que Joséphine aussi pose des questions. Elle rit, en entendant parler de la manière dont sa famille le couve.

« Ne rigole pas, c'est pas drôle !

— Menino, s'ils se comportent comme ça, c'est que tu le veux bien. J'imagine par exemple que la famille de Nuno est différente avec lui.

— Ah, la gaffe ! Heureusement que tu n'as pas dit ça devant lui. Nuno, figure-toi qu'il aimerait bien avoir une famille envahissante, mais il n'a pas de famille. Il est fils unique et ses deux parents sont morts dans un accident de voiture, quelques mois avant qu'on emménage ensemble, il y a dix ans. »

Joséphine semble songeuse. Alors il la prend par la main, pour la mener jusque dans sa chambre, lui montrer son plus beau cadeau d'anniversaire. Au contact de sa peau, il a cru sentir un léger frisson. Chez elle. Ou peut-être était-ce chez lui ? Mais il oublie bien vite.

« Il faut vraiment que tu comptes pour cet ami.

— C'est Senhor Zé, le petit vieux le plus connu de l'Alfama, il est exceptionnel !

— Senhor Zé…

— Oui ! Ne me dis pas que tu le connais déjà ? dit-il avec une pointe de jalousie.

— Je ne l'ai pas rencontré, mais… tu sais, le vieux monsieur dont je viens de te parler… ? »

Menino est ébahi. C'est vrai, il aime bien qu'on lui apprenne des choses. Mais, cette fois, cela va un peu loin.

14

L'été a passé, septembre est arrivé, sans doute le plus beau mois de l'année à Lisbonne. La lumière y est atténuée, plus chaude, les températures restent douces et l'on sait qu'on profitera de la plage encore quelques mois. Cette année, comme les deux précédentes, il va falloir continuer à esquiver les touristes, car ils ont découvert les charmes lisboètes de l'été indien.

Senhor Zé a retrouvé sa tranquillité. En juillet, Viviane et Rosa ont rédigé ensemble une lettre qui a fait son petit effet. Le propriétaire a été forcé de reconnaître par courrier qu'il autorisait Zé à rester et que les 3000 euros n'étaient pas dus. Les deux femmes ont trinqué à leur première victoire sous les yeux rieurs de l'intéressé, qui lui n'a pas bu d'alcool à cause de ses problèmes cardiaques. Mis à part cette pointe d'inquiétude qui lui traverse le ventre de temps en temps, il a presque oublié toute cette histoire. Il n'en a jamais parlé à Menino, et Menino aussi a gardé le silence.

En août, le vaste appartement de Viviane qui donne sur le Tage s'est transformé en fabrique d'affiches géantes. « J'ai toujours su qu'il y avait une raison à ce que j'habite un logement si grand ! » s'est-elle réjouie.

Au marché aux puces, elle a dégotté des rouleaux de papier destinés à des professionnels, les défenseurs des arbres ont payé la note et lui ont fourni pinceaux, feutres et tout le matériel nécessaire. Certains sont même venus prêter main-forte pour l'atelier de travaux pratiques.

Un jour, Viviane a présenté fièrement à l'un des rassemblements une banderole de cent mètres de long. Rosa, Andréa et les autres avaient réussi à impliquer une centaine de personnes dans l'affaire. Ils ont déroulé la banderole écrite en anglais et l'ont tenue à bout de bras un après-midi durant sans sourciller. Y était dénoncée la duplicité de la mairie et de Lisboa Nova, qui privatisent des espaces publics et les rendent inaccessibles aux Lisboètes. La petite bande de résistants s'est adonnée à cet exercice dans différents lieux de la capitale, si bien que de nouvelles recrues ont rejoint les rangs. Des Portugais pour certains, et des expatriés. Parfois même quelques touristes interloqués. Il est arrivé aussi que Linda se mette à danser devant la banderole, et qu'elle entraîne des passants avec elle. Les chaînes de télévision ont été bluffées.

À chaque rassemblement, Joséphine était présente. Un jour, elle a réussi à embarquer Menino. Mais il n'a pas trouvé ça très agréable de rester immobile si longtemps. Il s'est mis à taper du pied par terre. Et lorsqu'une caméra de télévision s'est avancée vers lui pour demander pourquoi il était là, il a baissé la tête et n'a pas voulu répondre. Si sa mère le reconnaissait ? Que dirait-elle de le voir ainsi dénoncer des agissements de la mairie, dont il n'a d'ailleurs pas vraiment connaissance, et sur lesquels parfois il émet des doutes ? Joséphine respecte toujours son avis. Elle sait que c'est difficile à admettre, qu'il est compliqué pour chacun de lutter contre le cours des choses, et peut-être encore plus pour lui.

Menino n'a presque pas eu de vacances, mais chaque week-end ils ont organisé des sorties. Notamment une virée avec ses amis de l'escalade. Joséphine n'en avait jamais fait ! Elle a trouvé assez curieux d'être initiée par Menino, qui s'emmêlait régulièrement les pinceaux dans les manœuvres, et assez sensuel d'être maintenue dans les airs par lui, quand elle n'arrivait plus à avancer. Alors il lui faisait une blague complètement idiote, elle perdait son sérieux et sa concentration, partait dans un éclat de rire, et la voie à suivre s'éclairait. La falaise donnait sur la mer, elle s'y sentait en sécurité. C'est le seul endroit calme où il l'ait emmenée.

Un autre week-end, il lui a prêté un vélo et ils ont pédalé jusqu'à Belém, « pour aller manger les meilleures *pastéis* et observer l'endroit d'où partaient les explorateurs portugais, il y a des siècles de cela ». Si le descriptif l'avait fait rêver, la réalité les a fait fuir. Ils ont eu la sensation d'être dans un parc d'attractions un jour férié et sont repartis bredouilles. « Je te jure, avant, ça n'était pas comme ça ! C'était un de mes endroits préférés pour les excursions du week-end. » Il avait un petit air désolé et amusé en même temps. « La gaffe ! Ça, c'est tout moi, je te vends du rêve et tu tombes sur cette déception ! Remarque, t'imagines ma souffrance ? Je n'ai même pas eu un petit *pastel* à me mettre sous la dent… »

Le calvaire suivant, ça a été lorsqu'ils ont cherché un petit restaurant typique où manger dans Lisbonne. Ils ont marché des heures. Le premier auquel Menino avait pensé venait d'être remplacé par une chaîne de café américain. Le deuxième avait doublé ses prix. Et le dernier avait changé toute l'équipe et ses plats avec. Ce soir-là, ils ont fini à la pizzeria en bas de chez eux. Menino a bien été obligé d'admettre qu'effectivement il y avait un problème dans la politique de la ville pour qu'on en arrive là.

Heureusement que Nuno et ses amis étaient là pour faire découvrir des endroits secrets à Joséphine. Nuno lui a donné des bons plans les soirs où ils arrivaient à se croiser. Parfois le tuyau venait d'un de ses amis, portugais, français, anglais, espagnol, qu'il recevait à l'appartement : un conducteur de *tuk tuk* pour touristes, un serveur de restaurant de l'Alfama, une guide touristique spécialisée dans les *tours* authentiques pour Français.

Ces moments privilégiés venaient compenser ceux où Nuno et elle se confrontaient. Quand elle l'avait surpris au pied du *miradouro* fermé en compagnie de Fanny, elle s'était risquée à le lui dire. D'un air désinvolte et presque hautain, il avait répondu : « Ouais. Ma copine voulait faire une photo de la vue.

— Tu te fous complètement de moi, là, Nuno ?

— C'est pas tes affaires. Et toi, tu faisais quoi là-bas ? Y a pas assez de *miradouros* dans Lisbonne pour que tu doives absolument poser tes fesses de touriste sur celui-là ? »

Joséphine avait tourné les talons et était partie se coucher. Puis l'incident avait été oublié, et la colocation avait repris son cours.

15

Septembre est le mois préféré de Fanny et Nuno. Celui qui voit tous leurs efforts de l'année récompensés.

La fréquentation du site de Fanny explose, ses articles sur l'expatriation sont lus plus d'une centaine de fois par jour et le téléphone n'arrête pas de sonner. Elle a préféré garder un contact direct avec ses lecteurs, afin de tisser un lien de confiance. Elle se positionne toujours en élément extérieur et se présente simplement comme une passionnée de Lisbonne qui en a découvert peu à peu toutes les ficelles, et qui peut ainsi les partager.

Sur son site, elle annonce qu'elle est rémunérée par les restaurants, hôtels, entreprises de *tuk tuk* et autres commerces touristiques répertoriés dans ses articles. Ses lecteurs connaissent sa franchise puisqu'il lui arrive de rompre un partenariat lorsqu'elle n'est plus satisfaite de la qualité du prestataire. Elle parle également des liens financiers qui la lient à l'avocat fiscaliste le plus efficace de Lisbonne, et à l'agent immobilier le plus authentique. Mais elle ne dit pas tout ce que cela lui rapporte, or c'est de loin sa plus grande source de revenus.

Ceux qui ont envie de s'expatrier ou d'investir peuvent l'appeler, pour échanger en toute simplicité et sans obligation de résultat. Les lecteurs ont l'impression d'écouter les conseils d'une amie. Ils ne se doutent pas qu'ils sont des centaines durant ce mois de septembre.

Fanny vit des journées éprouvantes, mais tellement fructueuses. Lorsqu'elle est convaincante, elle passe le relais à l'avocat fiscaliste, ou à Nuno, selon que son interlocuteur a besoin d'être rassuré financièrement ou de se projeter dans un habitat. Souvent, elle prend un café avec les visiteurs avant leur premier rendez-vous, cela les détend. Une fois sur deux, cela aboutit à un achat. L'avocat connaît son métier sur le bout des doigts, et Nuno a le don de faire vibrer les gens. Il incarne le Portugal accueillant, chaleureux, mais aussi travailleur et doté d'une grande force de caractère. Ceux qui souhaitent s'installer ici pour y monter une start-up ou simplement y faire fructifier une affaire immobilière sentent l'émulation qui émane de la population locale à travers ce jeune homme ambitieux. Il ne force jamais la main, mais il sait précisément quel bien faire visiter à qui, grâce aux conseils de Fanny en amont, et parce qu'il perçoit bien les envies des gens. Chaque affaire ou presque mène à une autre, car, le reste de l'année, les amis des clients satisfaits contactent à leur tour Fanny, comme ils contacteraient une amie d'amis.

En ce mois de septembre 2018, Fanny et Nuno travaillent ainsi de concert dans une harmonie qui les comble. En les observant, on pourrait se dire qu'ils sont faits l'un pour l'autre. Le dimanche est le seul jour où ils osent s'accorder une petite pause. Avec leurs amis, tous français, ils se retrouvent à la plage, sur la Costa da Caparica lorsqu'ils ont envie de surfer, ou dans un endroit un peu plus calme quand ils ont simplement besoin de repos. C'est la première année où ils se tiennent par la main, et ça n'est pas sans une petite fierté dans le regard de chacun. Nuno parce qu'il la considère comme la plus belle Française de Lisbonne, et Fanny parce que son compagnon apporte à son couple la dose d'exotisme et de robustesse dont toutes les Françaises rêvent.

Ils arrivent toujours les derniers sur la plage. Mathieu et Florence sont déjà dans l'eau, chacun avec sa bande d'élèves. Ils ont monté une école de surf l'année dernière, ils n'en pouvaient plus de la grisaille parisienne. Ça n'est pas évident, mais ils commencent à avoir une petite notoriété, Fanny les y aide. Australiens, Espagnols, Italiens, Français et Allemands se mélangent dans cette eau froide. Le cours se déroule en anglais.

Marc et Étienne se font griller au soleil comme des écrevisses. Une fois par semaine, ils laissent l'équipe de leur restaurant-*concept store* en solo. La carte est réduite, mais s'adresse à tous : végétariens, végans, amateurs de poisson et de viande. À la fin du repas, on peut chiner à l'arrière de la salle pour découvrir des idées de cadeaux faits main. Marc et Étienne n'ont pas peur des préjugés. S'afficher comme étant homos quand ils sont arrivés, ça n'était pas si courant. Au début, ils n'osaient pas s'embrasser en pleine rue. Maintenant, c'est autre chose, tous ces étrangers qui s'installent, ça aide à faire évoluer les mentalités, les gens sont plus habitués, dans le centre du moins. Tous les membres du personnel sont portugais, mais ils parlent aussi français et anglais, car la majorité des clients sont étrangers. C'était assez compliqué avec eux au début. Probablement parce que les emplois dans la restauration ne manquent pas, que le salaire minimum est à 600 euros, alors l'implication n'est pas toujours de mise. Les employés partent assez vite s'ils ne sont pas satisfaits des conditions de travail. Les deux entrepreneurs ont donc décidé d'augmenter leurs rémunérations, et l'équipe se stabilise peu à peu. Ils n'en sont pas à leur premier restaurant, mais à Paris c'était devenu trop difficile, entre les loyers exorbitants, les cotisations sociales, l'insécurité – ils étaient installés dans le 11e arrondissement, là où se sont déroulés les attentats –, le coût de la nourriture, les problèmes aussi avec le personnel… Ici, malgré les épreuves, ils y trouvent leur compte.

Jonathan, Malika et Christophe sont des copains de toujours. Ils se sont connus au lycée, puis chacun a tracé sa voie. Jonathan a fait une grande école de commerce, Malika est diplômée de la plus prestigieuse école d'ingénieurs de France, et Christophe est devenu informaticien, fin codeur d'applications et de sites. À la fin de leurs études, ils se sont retrouvés pour des aventures entrepreneuriales, tous trois aux manettes avec chacun sa spécialité. Ils en sont à leur troisième start-up ensemble. Ils ont découvert Lisbonne lors d'un sommet Web en 2016, le premier organisé ici. Ce voyage a été une révélation pour eux. Il y avait tout ce dont ils rêvaient : la main-d'œuvre qualifiée, le soleil, l'océan, la tranquillité et de belles opportunités. Ils ont revendu leur start-up française un bon prix et sont venus en monter une nouvelle à Lisbonne. Ils se sont d'abord développés sur le marché portugais, pour faire leurs preuves, et une fois le modèle éprouvé ils ont réuni des investisseurs et se sont étendus à toute l'Europe. Bingo ! Mais ça n'est pas le cas de tout le monde.

Yves, qui fait aussi partie de la bande, a, lui, essuyé pas mal d'échecs. On lui avait vendu le Portugal comme le paradis des entrepreneurs, mais il n'a pas dû bien s'y prendre parce qu'il en est à sa quatrième entreprise et pas une ne s'est révélée viable. Heureusement, il ne va pas avoir besoin de faire serveur chez Marc et Étienne, parce qu'il est arrivé il y a longtemps et que son premier réflexe a été d'acheter deux appartements à retaper. Il vit dans le premier et loue le second sur Airbnb. Il gagne bien plus que le SMIC portugais, de quoi le mettre à l'abri le temps de trouver sa voie.

Adélaïde, quant à elle, a choisi l'option travail à distance. Elle tente de percer en tant que graphiste. Ses clients sont en France et elle va les voir une fois par mois. En réservant ses billets à l'avance, ça ne lui coûte pas très cher. Elle ne s'est pas déclarée comme résidente ici, car elle touche le chômage en France. Si elle était restée là-bas, elle n'aurait pas pu vivre avec un si petit montant. Ici, elle peut tenter sa chance. Il lui reste quelques mois pour arriver à développer son portefeuille de clients.

Tout ce petit monde est allongé sur les transats du café français qui a ouvert il y a un an. Quelques parasols ont été installés pour ceux qui craignent le soleil, même celui de l'été indien. Ils sont si bien sur la plage, ou dans leur quartier de Campo de Ourique. On y trouve un fromager français, un boulanger français, même maintenant un boucher français, et plein de Français avec qui partager ces bonnes victuailles – ils ont bien essayé d'organiser des repas avec des Portugais, mais bizarrement, il est impossible d'être invité à dîner chez eux, c'est ainsi, ils ne se mélangent pas. De mai à novembre, ils évitent le centre-ville, il y a un tel afflux de touristes que c'en est devenu triste. De temps en temps, ils avouent souffrir de cela. On ne peut plus arpenter les rues de l'Alfama sans être gêné par les dizaines de *tuk tuk* et de gyropodes !

Aujourd'hui, sur la plage, les discussions tournent autour de ce beau mois de septembre, des excursions balnéaires qu'on va pouvoir faire encore les dimanches d'octobre, des affaires des uns et des autres, et aussi des problèmes. Marc et Étienne évoquent leurs déboires avec l'entreprise à laquelle ils ont fait appel pour rénover leur boutique. Les retards se sont tellement accumulés qu'ils ont fini par achever les travaux eux-mêmes, alors qu'ils étaient novices en la matière. Le maître d'œuvre avait dit oui à tout et à tout le monde, il s'est retrouvé à gérer trop de chantiers en même temps, si bien que certains ont tout simplement arrêté d'entendre parler de lui. C'est étrange, cette incapacité à dire non… Yves renchérit : lui a eu affaire à la lenteur des Portugais, pour des choses pourtant assez banales. Ça n'est pas qu'ils soient fainéants, mais c'est comme s'il y avait plus important pour eux que d'agir vite.

Alors qu'ils sont en pleine complainte, un vieux monsieur s'approche d'eux et les aborde. Tout le monde se regarde. Marc, le plus à l'aise d'entre eux, répond : « Désolé, on ne parle pas portugais, *no parlamos portuguech, scusi.* » L'autre continue pourtant de discourir, il faut croire que Marc n'a pas été convaincant. Voilà Nuno et Fanny qui arrivent. « Ah, tenez, lui va pouvoir vous répondre ! » Mais déjà le Portugais est reparti.

16

Viviane passe devant le kiosque de la place Martim Moniz sans faire attention aux revues, qu'elle ne lit jamais. Elle sourit au vendeur derrière le comptoir et continue son chemin. Mais, après quelques pas, elle se fige. Du coin de l'œil, elle a cru voir quelque chose. Elle fait demi-tour et revient devant le kiosque. « *Desculpe, Senhor* », dit-elle, absorbée par une couverture. C'est bien lui ! Dans ce magazine tendance, Pierre, son amant d'un soir, sourit fièrement sous ce titre : *Ces Français qui ont réenchanté Lisbonne*.

Viviane sent le rouge lui monter aux joues. Ce Pierre, c'est elle qui a tenu à ce qu'ils n'échangent pas leur numéro, mais que fait-il ici, en première page d'un magazine français qui met Lisbonne à l'honneur ? Elle sort son porte-monnaie de sa poche, en tire 6,50 euros – ça coûte cher, ces bêtises –, les laisse sur le comptoir, attrape la revue et s'en va sans même dire au revoir au kiosquier.

Page 24, c'est là. Viviane lit. Cet « amoureux de Lisbonne », marié à une Portugaise, père d'une petite fille de deux ans – eh bien, il n'a pas perdu de temps ! –, a décidé en 2015 d'étendre au Portugal les activités de la société immobilière dont il a hérité de ses parents.

Le salaud ! Il savait donc très bien pourquoi il était là. Mais pourquoi ne lui a-t-elle pas demandé ce qu'il faisait dans la vie ? Cette question si automatique et banale que Viviane en est venue à la fuir… Peu importe, il aurait menti, comme il ment à cette journaliste. Il prétend être arrivé ici parce que des images de l'enfance lui étaient revenues. Tu parles, ce devaient plutôt être ses conseillers fiscaux qui lui avaient mis de belles prévisions dans la tête.

« J'étais seul et à pied. On se laisse guider, cela permet de faire de meilleures découvertes. »

Quel hypocrite. Elle a envie de lui mettre son poing dans la figure. Et de s'enfoncer, elle, sous terre. Voilà un homme avec qui elle a vibré le temps d'un après-midi et d'une nuit, qui est resté ensuite dans son esprit et à qui elle pense encore de temps en temps dans son lit, lorsqu'elle a besoin de tendresse et d'un brin d'excitation. Cet homme, ce fantasme, est aussi l'ordure contre laquelle elle se bat à chaque manifestation, c'est le dirigeant de Lisboa Nova ! Quelle cruche. Elle se maudit. Si seulement elle ne lui avait pas montré les beautés de la ville, si elle avait fermé sa grande bouche de passionnée, est-ce qu'aujourd'hui on en serait là ? Viviane reste sans réponse. On ne le saura jamais.

Elle s'est assise sur les blocs de pierre de la place Martim Moniz et entame la lecture du paragraphe sur les immeubles sociaux qui viennent rétablir un équilibre avec les projets de luxe. Comment peut-il prétendre aimer cette ville et dans le même temps la détruire ? Pourquoi fait-il l'éloge des Lisboètes alors qu'il les chasse d'ici ? Bientôt il n'y aura plus de

Lisboètes à Lisbonne, il le sait aussi bien qu'elle, mais sans doute tout cela a-t-il moins d'importance que les millions qu'il engrange.

Des larmes de rage lui viennent. Elle se lève, pour ne pas s'effondrer. Il lui faut agir. Aller dans ses bureaux, ce serait une idée, faire un scandale devant toute l'équipe de Lisboa Nova, leur montrer quel menteur il est. Ou, mieux, chez lui, devant sa femme, le discréditer. Mais Viviane se connaît, elle ne doit pas agir sous l'effet de la colère, ça n'est pas dans ces moments-là qu'elle a les meilleures idées. Alors elle se met en route vers le local de Tectos, qui est à cinq minutes à pied. Rosa et Joséphine voulaient lui parler d'un projet, ça lui remontera le moral.

Lorsqu'elle arrive, les filles sont seules. Le trio ne se côtoie pas depuis très longtemps, mais il y a dans la lutte quelque chose qui rapproche. En découvrant le terreau de l'engagement des uns et des autres, en voyant comment chacun réagit dans l'action et face à l'adversité, on apprend à se connaître beaucoup plus vite que d'habitude.

« Si Viviane a perdu son élan, on est foutus ! lance Rosa devant la mine défaite de son amie.

— Je crois qu'on ne va pas parler de nos derniers plans pour la grande manifestation tout de suite », renchérit Joséphine.

Viviane voudrait sourire de cette complicité qui les unit, mais elle n'y parvient pas. Invitée à s'asseoir autour d'une table, elle déballe tout sans qu'il soit besoin d'insister.

Rosa s'esclaffe de rire : « Décidément Viviane, tu es pleine de surprises. »

Joséphine la regarde avec des yeux admiratifs, impressionnée par celle qui n'hésite pas à saisir le bras d'un homme qu'elle trouve séduisant.

Pour la première fois, Viviane voit dans son amie une femme qui a envie de plaire, d'être, de jouir, sans doute. Jusqu'ici, elle ne percevait qu'un être sage et doux, pourvu d'une bonne trempe à l'intérieur.

Elle leur avoue ses envies de vengeance. Les deux autres se regardent, amusées.

« Vous n'avez pas l'air de prendre le sujet bien au sérieux, les filles. Vous vous rendez compte que j'ai montré les richesses de Lisbonne à notre ennemi numéro un ?

— Il est bien arrivé là tout seul, il les aurait découvertes de toute façon, ne t'en fais pas…

— Quant à ta vengeance, ajoute Rosa, tu l'auras tôt ou tard. Il n'est pas près de t'oublier, celui-là. Viviane, tu es une femme tellement sensuelle ! Quand on a couché avec toi, à mon avis, on s'en souvient longtemps. »

Rosa a prononcé ces mots sans la moindre pointe de jalousie, simplement en ayant conscience de leurs différences. Comme si sa force de caractère de meneuse faisait fuir les hommes, comme si elle ne savait pas s'y prendre avec eux, comme si le fait qu'elle ait été délaissée du jour au lendemain était sa faute, comme si, peut-être, elle n'était pas un bon coup.

Viviane voudrait répondre, mais son amie conclut la première : « Maintenant, on va trinquer à ta folie douce et se replonger dans le programme du 22 septembre, parce que ce jour-là sera notre fête à nous. On va lui montrer qu'on est nombreux, à ce petit rigolo ! »

17

Joséphine est au local avec Rosa, comme souvent l'après-midi, après avoir travaillé sur sa thèse le matin. Pour Rosa, c'est plus compliqué, car elle doit aussi prendre soin de son fils. Joséphine se demande où elle trouve le temps d'étudier avec tous ses engagements, mais surtout comment elle s'arrange pour être toujours là alors que les autres n'y parviennent pas.

« Avec les années, j'ai appris à mettre le Rossio dans la Betesga, tu sais ! »

Joséphine fronce les sourcils. Le Rossio, c'est une grande place, la Betesga, la plus petite rue de Lisbonne : Rosa sait faire rentrer dans son planning plus de choses qu'il ne peut en loger, c'est aussi simple que ça !

Il est 18 heures, celle-ci s'apprête à partir chercher son fils à la crèche, une structure associative qui prend soin de lui pour un montant raisonnable. Menino passe la porte. Une petite sensation vient tordre le ventre de Joséphine.

« Mais qu'est-ce que tu fais là, Menino ? »

Il y avait sûrement un moyen plus sympathique de l'accueillir, mais elle n'a pas trouvé.

« Pour une fois que je sors tôt, je me suis dit que je boirais bien une petite bière avec toi. »

Rosa se lève et passe derrière le comptoir. « Pour vous servir, môssieur ! »

Elle attrape trois chopes, les rince à l'eau, puis enclenche la tireuse. On dirait qu'elle a fait ça toute sa vie. Tout ce que Rosa entreprend, elle le réalise comme si elle était experte. C'est une tête, comme on dit.

Joséphine regarde Menino du coin de l'œil, Rosa lève son verre : « Au travail qui finit tôt ! » Chacun boit une gorgée, de la mousse reste sur la moustache de Menino qui en rigole, alors que personne n'a remarqué. C'est alors qu'Andréa entre en trombe : « Ça y est, ils ont lancé l'expulsion de la famille Ribeiro ! »

Les deux filles posent leur verre, Menino reste le nez dans le sien. Rosa passe un coup de fil à la crèche pour trouver un arrangement.

Voilà un mois que Joséphine entend parler des Ribeiro. Ils sont trois : une femme, Sofia, et ses deux enfants de sept et onze ans. Ils ont dû quitter l'appartement qu'ils louaient à Graça depuis toujours, lorsque le loyer est soudainement devenu plus élevé que le salaire de la mère de famille. C'était il y a un an. Ils sont venus trouver les membres de Tectos un après-midi. Toutes leurs affaires tenaient dans une voiture pleine à craquer. Ils s'apprêtaient à dormir dedans, parce que les parents de Sofia habitent dans le nord du pays et que son travail à elle est ici. Rosa les a hébergés quelques nuits, le temps de trouver un logement social vacant à occuper. Le temps, aussi, de faire accepter cette idée à Sofia. Elle qui depuis dix ans trime pour que ses petits aient une existence normale, comme les autres enfants de Graça, elle n'avait pas vraiment envie de vivre dans l'illégalité. Mais elle n'a pas eu le choix.

Il y a un mois, elle a entendu un bruit de clef dans la serrure, elle s'est approchée et a vu la poignée s'agiter vainement de haut en bas. Puis on a frappé à la porte. Personne ne connaissait son adresse, elle était officiellement domiciliée à celle de Tectos et ne recevait pas de visite, même pour les enfants. En regardant par le judas, malgré la faible luminosité du couloir, elle a vu un homme d'une soixantaine d'années, habillé modestement. Il n'avait pas l'air mauvais, alors, malgré les recommandations de Rosa de n'ouvrir à personne, elle a tourné la clef dans la serrure et baissé la poignée. Ses enfants, qui étaient en train de faire leurs devoirs par terre autour de la table basse du salon, sont restés tous deux le stylo en l'air, le souffle coupé. L'homme qui est apparu a levé sa casquette et salué Sofia. Il a eu un petit rictus lorsqu'il a aperçu les petits au loin. « *Boa tarde Senhora*, ne vous inquiétez pas, je ne suis pas de la mairie, ni de la police. » Les trois occupants ont paru soulagés, l'homme avait l'air sincère. « Malheureusement, je viens vous dire que cet appartement m'a été attribué par les services sociaux. Ils vont bientôt le rénover et m'ont demandé de venir vérifier s'il était occupé. »

En entendant ces mots, Sofia a ouvert en grand le passage et laissé entrer le monsieur : « Je préfère qu'on prenne le temps d'en discuter autour d'une tasse de thé. »

Sofia avait accepté l'idée d'occuper un appartement vide parce que Rosa lui avait fait comprendre que c'était injuste qu'elle n'y ait pas droit. Il y avait peu de logements sociaux à Lisbonne, car c'était une des rares capitales du monde occidental à n'avoir pas mené de véritable politique en la matière. Si en plus ceux qui existaient restaient vacants, on marchait sur la tête. La donne changeait pour Sofia puisqu'on avait maintenant promis l'appartement à quelqu'un qui gagnait nécessairement moins d'argent qu'elle. Dans ces conditions, comment pouvait-elle rester ici ? Elle le savait aussi, les hommes qui perdaient leur appartement se retrouvaient dans une situation bien plus compliquée encore que les femmes. Ils vivaient probablement dans la même précarité, mais eux étaient complètement seuls, et on ne savait pas où pouvait les mener cette solitude. Ceux qui avaient un peu de moyens partaient vivre dans les rares petites pensions qui survivaient à Lisbonne. Mais les autres, qu'advenait-il d'eux ?

Ils se sont parlé gentiment et calmement. L'homme a donné toutes les informations dont il disposait à Sofia. Dans deux mois, les travaux de rénovation commenceraient. Cela laissait peu de temps pour trouver une solution.

Toute l'équipe de l'association se démène depuis ce jour pour retrouver un logement à la famille Ribeiro. Mais il est de plus en plus difficile d'accéder à des appartements vacants. Lorsqu'elle a découvert les occupations, la municipalité s'est arrangée pour les bloquer avec chaînes et verrous.

Joséphine regarde Menino : « Tu viens avec nous ?

— Mais… on ne finit pas d'abord la bière ?

— Menino, il y a des gens qui sont en train de se faire expulser. »

Andréa s'impatiente à côté de la porte. « Pour une fois qu'il y a de l'action ! Allez, là, on se bouge ! »

Menino observe son verre avec beaucoup d'attention. Il se met à taper du pied par terre. Ça n'est pas la première fois que Joséphine le voit faire ça.

« J'ai un peu peur d'être trop sensible pour ça.

— C'est justement ce dont a besoin cette famille : des gens sensibles. Viens. Pour moi. Juste une fois. »

Elle pose la chope de Menino sur le bar, attrape la veste qu'il a abandonnée sur un tabouret, passe son bras autour du sien et l'entraîne à la suite de Rosa, pendant qu'Andréa leur tient la porte.

« Tu vas voir, dit l'Italien, on va faire du bordel ! »

Cette phrase n'est pas vraiment pour rassurer Menino. Mais le bras de Joséphine est bien accroché au sien.

18

Dans la voiture de Rosa, Andréa leur raconte. Il était 17 heures quand la police a débarqué. Un homme accompagné de quatorze autres a frappé à la porte de chez Sofia, qui n'était pas là, car elle était en train de faire ses heures de ménage au centre commercial. Les deux gamins se sont approchés, ont regardé par le judas et ont paniqué. Ils sont partis se cacher dans les toilettes et n'ont pas fait un bruit, espérant que les policiers rebrousseraient chemin.

Quarante-cinq minutes plus tard, Sofia est arrivée. Elle a réussi à obtenir l'autorisation de pénétrer seule dans l'appartement, en opposant son inquiétude vis-à-vis des enfants, et les a trouvés sous le choc. Dans l'équipe d'expulsion, il n'y a pas d'assistante sociale ni de psychologue pour assurer un suivi, et aucun membre de la municipalité avec qui échanger sur des solutions autres que la rue. Sofia est restée chez elle et a appelé Andréa à la rescousse pendant que la police tentait de parlementer avec elle au-dehors.

Menino n'a jamais entendu une histoire comme celle-ci auparavant.

« Pourtant, lui dit Rosa, cette année, c'est arrivé plusieurs fois par mois. »

Andréa passe des coups de fil. Il appelle des membres de l'association et des familles qui elles aussi ont subi des expulsions, mais s'en sont sorties grâce aux actions de Tectos.

« Il faut qu'on soit nombreux ce soir pour les aider, et demain matin pour aller occuper la mairie. La dernière fois, on était cinquante dans le hall. Je peux vous dire qu'ils ont trouvé rapidement un logement pour la famille concernée. »

Rosa renchérit : « C'est quand même dommage qu'on soit obligés d'en arriver là. Cela fait un mois qu'on contacte les services de la ville pour expliquer qu'on ne peut pas laisser une famille dans cette situation. Vous imaginez ? Leur seule réponse a été d'envoyer ce monsieur de soixante ans, lui aussi en situation de précarité, pour leur dire qu'ils devaient partir ! Ils mettent les pauvres en face des pauvres… »

Menino ouvre de grands yeux. Il pense aux enfants et imagine ses neveux qui ont le même âge dans cette situation. Sa jambe droite commence à s'agiter et son pied à taper le sol de la voiture. Il n'a pas très envie d'y aller. Est-ce qu'il arrivera à regarder les deux gamins dans les yeux ?

Après un bon quart d'heure de route, les voilà arrivés à Lumiar, un quartier situé à l'ouest de l'aéroport. Rosa se gare, tout le monde descend. En bas de l'immeuble, quatre voitures de police stationnent. Menino les regarde, un peu inquiet. Dans quel guet-apens Joséphine l'a-t-elle embarqué ? Il ne veut pas avoir d'ennuis avec les autorités… Rosa et Andréa montent les escaliers quatre à quatre. Menino traîne des pieds, mais Joséphine reste près de lui : pas moyen d'en réchapper. Son cœur bat vite. Une fois là-haut, il voit Andréa agiter les mains en tous sens et crier. Que c'est un scandale, mais dans quel pays est-on, que c'est eux qu'il faudrait faire arrêter, qu'il y a des enfants, qu'ils vont être traumatisés à vie, que…

Menino a arrêté d'écouter. Sur le fond, Andréa a sûrement raison, mais ça n'est pas possible de s'énerver comme ça, on n'a jamais vu ça ici, justement, dans son pays. Il voit Rosa, qui, elle, a réussi à négocier calmement avec la police de pouvoir entrer dans l'appartement seule. Ça, c'est une personne normale ! Il sort son petit carnet de sa poche et commence à dessiner la scène, c'est tout ce qu'il a trouvé à faire pour garder contenance.

Alertés par le vacarme que fait Andréa, les voisins commencent à apparaître. Ils ne sont pas vraiment d'accord avec ce que fait Sofia, car eux paient un loyer, mais, tout de même, il y a des enfants. Puis, les gens qu'Andréa a contactés arrivent les uns après les autres. Voilà maintenant le couloir rempli de monde. Une heure durant, l'Italien continue son manège. Au moment où la presse aussi finit par pointer son nez, il envoie un texto. Deux minutes plus tard, la porte s'ouvre. Rosa, Sofia et les deux petits sortent, chargés de sacs de courses dans lesquels ils ont fourré l'essentiel de leurs affaires. Deux policiers entrent, font le tour de l'appartement et reviennent avec une peluche oubliée. La petite tend le bras. Les agents referment la porte et la barricadent sous les yeux des Ribeiro et de tous ceux qui les ont rejoints. La presse filme. La petite pleure et demande où ils vont aller.

Menino a réussi en quelques traits à croquer cette gamine et ses grands yeux. Il voudrait la serrer contre lui, lui offrir une présence masculine, rassurante. Mais comment pourrait-il se permettre une chose pareille, lui qui n'est personne, lui qui ne fait rien pour les défendre, lui qui d'habitude ferme les yeux sur ce qui leur arrive ?

Joséphine lui attrape le bras à nouveau. Elle lui glisse à l'oreille : « Merci d'être là aujourd'hui, Menino, ça compte beaucoup pour eux. »

19

Raquel est assise au fond du canapé, ses bras entourent ses jambes repliées. Elle est encore en pyjama. Le silence de l'appartement résonne dans sa tête. Les images défilent à la télévision, sans son. Elle l'a coupé, car elle ne le supportait plus. Elle ne devrait même pas être en train de regarder ça, le médecin le lui a interdit. Mais l'homme de sa vie n'est pas là pour la surveiller, il ne rentrera que dans deux heures... Il reste tout ce temps à tuer.

Si Raquel n'était pas en arrêt maladie pour dépression, c'est elle qui aurait commandé l'expulsion de la famille Ribeiro, et elle serait en pleine gestion de crise. Cette fois, Tectos a réussi à faire venir la télévision, c'est une première. Le sujet a été diffusé à une heure de grande écoute. Ils vont encore passer pour des salauds, elle et son équipe. Pourtant, ils ne font qu'appliquer la politique de tout un parti, celui qui, mine de rien, tient les rênes de la municipalité.

Lorsqu'elle a accepté d'être en charge du logement à la mairie de Lisbonne, Raquel avait soigneusement pesé le pour et le contre. Auparavant elle œuvrait en milieu associatif et avait fini par se fatiguer d'avancer à pas de fourmi, de toujours devoir lutter, d'être du côté de ceux qui quémandent, qui critiquent, qui disent que rien ne va plus et qui implorent que tout s'arrange. Elle était passée de l'autre côté, pleine d'idéaux. Depuis sa nouvelle place, elle allait pouvoir changer les choses, elle allait défendre des décisions plus justes, remonter des informations du terrain, car elle le connaissait bien. Et voilà qu'un an plus tard elle se retrouvait à ordonner des expulsions de mères de famille célibataires.

Elle avait bien obtenu quelques victoires, tout n'était pas vain. Elle et son équipe avaient réussi à démarrer un programme de réhabilitation de logements sociaux. Ils avaient aussi mis en place un numéro de soutien pour les familles expulsées d'habitations privées, le téléphone sonnait presque tous les jours. Elle avait souvent trouvé des appartements en urgence, y compris pour les familles dont elle déclenchait elle-même l'expulsion. Mais c'était parfois au prix de lourdes luttes et de cuisantes humiliations. Lorsque les membres de Tectos avaient pris l'habitude de débarquer à cinquante dans la mairie, elle avait assurément perdu en crédibilité auprès de ses collègues. Elle était devenue celle qui cède sous la pression, celle qui ne sait pas négocier avec les associations pour les tenir bien sages. Il lui avait fallu un an pour craquer.

Il y a un mois, ne supportant plus de la voir abattue chaque soir, son compagnon l'a forcée à se rendre chez le médecin. Si elle avait continué, elle aurait peut-être pu perdre les pédales. Il faut qu'elle parvienne à se tenir loin de tout ça. Pour l'instant, d'autres gèrent. Pour l'instant, ça n'est plus son problème.

À l'autre bout de la ville, Rosa laisse couler l'eau brûlante sur ses épaules depuis plusieurs minutes. Elle pleure de rage sous la douche. Ce matin, à la mairie, ils n'ont pu voir personne à part les policiers qui surveillaient l'entrée en prévision d'une intrusion. Les membres de Tectos sont restés à la porte, et Sofia et sa famille à la rue. Ils ont fini par repartir d'où ils étaient venus, dans le quartier de Lumiar. Les petits ont attendu en bas avec leur mère pendant qu'Andréa et Rosa déclouaient les planches en déployant des efforts surhumains à l'aide du pied-de-biche qu'ils ont caché au local depuis quelques semaines.

L'appartement est donc de nouveau occupé par les Ribeiro. Jusqu'à quand ? Personne n'en a aucune idée. Sofia doit être en train de veiller dans son lit, à se demander ce qu'il va advenir de sa famille. Peut-être que ses enfants non plus ne trouvent pas le sommeil. Le petit Joaquim de Rosa, lui, dort profondément dans le cocon qu'elle a réussi à lui créer. Elle ne veut pas de ce monde-là pour son fils. Elle veut le meilleur pour lui, mais aussi pour les autres, qu'il ne se réveille pas un jour en disant : « Maman, pourquoi mon camarade de classe a disparu du jour au lendemain ?

— Parce qu'il est parti vivre en bidonville, mon chéri. »

Non, ça n'est pas possible. Elle n'a jamais manqué de rien, elle se doit de le rendre aux autres.

Rosa n'y tient plus. Elle sort de la douche, saisit son téléphone et pianote sur les touches : *Tu n'as pas eu le courage de nous montrer ton visage ce matin, tu n'assumes même plus ce que tu commandes depuis ton bureau, bien au chaud. Il est loin, le temps où l'on marchait côte à côte pour aider ces familles !*

Le bip du téléphone sort Raquel de sa torpeur. *Vous avez un nouveau message*. Elle n'ose pas l'afficher. Elle sait. Elle l'attendait. Rosa n'est pas au courant de son arrêt maladie. On a tenu à le cacher à la mairie, cela faisait mauvais genre.

Lorsqu'elle est passée de l'autre côté, ça a été la rupture avec son amie, qui n'a pas compris et qui lui en a beaucoup voulu. Et puis, un jour, les textos ont commencé, comme un rituel à chaque expulsion. Rosa savait comment obtenir ce qu'elle voulait. Elle lui parlait de gens que Raquel connaissait bien, pris au dépourvu dans des situations dont elle n'ignorait rien. Alors Raquel cédait, elle bataillait pour obtenir ce que Rosa demandait.

« Se tenir éloignée », a bien dit le médecin. Elle attrape son téléphone, efface le message sans le lire, puis elle se rend dans le répertoire et clique sur le nom de Rosa. *Bloquer le numéro*. Voilà qui devrait faire l'affaire pour quelque temps.

20

Menino et Joséphine roulent sur la nationale toutes fenêtres ouvertes en chantant *I Will Survive* à tue-tête. C'est lui qui a choisi la playlist, mais dès qu'elle sera finie, Joséphine enfournera son disque de Bashung en douce.

Ce matin au réveil, elle a trouvé Menino qui s'agitait dans la petite réserve qui jouxte la cuisine. Après un bonjour laissé sans réponse, elle a fini par voir l'animal lever un bras victorieux en brandissant une glacière. Il s'est tourné vers elle : « Aujourd'hui, petite *Frenchie*, je t'emmène en pique-nique ! » C'était comme une promesse. D'ailleurs il a ajouté : « Avec moi, *baby*, tu vas vivre une journée de rêve, tu vas pouvoir te rouler sur le sable en mangeant des *pastéis de nata* ! »

Elle a pouffé de rire et a accepté le programme. Mais avant, elle a tout de même demandé où ils allaient. En Alentejo, sur une immense plage que Nuno lui a indiquée, on n'en voit le bout ni à gauche ni à droite d'après lui. Puisque le tuyau venait de Nuno, Joséphine s'est montrée plus qu'enthousiaste. En une demi-heure à peine, ils ont improvisé un pique-nique, balancé leurs affaires de plage dans le coffre de la petite voiture et pris la route. Cette journée va leur permettre de décompresser et de revenir à un peu de légèreté après cette dure semaine.

Avant de partir, Menino a passé quelques coups de fil aux copains, mais aucun n'était disponible. Entre ceux qui viennent d'être parents, les autres qui sont de plus en plus pris par leurs passions, il faut prendre rendez-vous un mois à l'avance maintenant pour arriver à se voir entre amis à Lisbonne. Mais ce tête-à-tête avec Menino n'est pas pour déplaire à Joséphine.

L'intimité de la route s'installe entre eux, celle qui se passe de conversations. La musique les accompagne. Les paysages défilent. À la demande de Joséphine, ils n'ont pas emprunté le pont du 25-Avril, celui qui fait ressembler Lisbonne à San Francisco, mais le pont Vasco-de-Gama. Dix-sept kilomètres de route juste au-dessus du Tage, qui vous donnent l'impression de rouler sur l'eau. La magie de Lisbonne. Sur l'autre rive, encore en 2015, il y avait essentiellement des gens pauvres, c'était la banlieue dont personne ne voulait. Aujourd'hui, ça se peuple d'anciens Lisboètes qui ont dû quitter les appartements qu'ils louaient dans la capitale.

Après la ville, la nature surgit, aride et poétique. Au bout, il y aura une journée à la mer. Peut-être que Joséphine se baignera, si l'eau n'est pas trop froide – ce qui est perdu d'avance au Portugal, à moins de se rendre dans le Sud, en Algarve. Joséphine pense à ses parents, aux routes qu'ils ont empruntées ensemble, à leurs excursions. Avec Menino, elle en a fait presque autant, sauf qu'ils ne se tiennent pas par la main. C'est précieux en tout cas, cette complicité qui est née, cette confiance qui s'installe.

Elle ne lui plaît probablement pas. De toute façon, elle n'a jamais plu aux garçons, à part aux boutonneux maladivement timides. Ce qui n'est pas le cas de Menino : il est vraiment beau. Elle tourne la tête à gauche pour observer le paysage et son visage. Elle aimerait bien passer la main dans ses courtes boucles brunes.

« Tu penses à quoi ?

— Au fait que c'est beau, ici.

— Menteuse, t'étais en train de t'imaginer en train de faire l'amour à un Beach Boy sur la plage !

— Si tu veux, Menino. »

Il n'est pas loin du compte. Mais c'est quoi son problème au juste, à parler tout le temps de sexe et à ne jamais passer à l'acte ?

Lorsqu'ils arrivent sur la plage, Joséphine reste silencieuse. Le vent soulève sa robe, sa casquette aussi voudrait s'envoler, et un grand sourire vient illuminer son visage. Elle n'a jamais vu une plage aussi majestueuse. Des falaises de sable ocre et rouge s'étendent à perte de vue. Menino est heureux de la voir ainsi. Il avance droit vers l'océan, au milieu des gens, dépose la glacière et tout leur barda à ses pieds, mais Joséphine l'arrête. « Viens, on va plus loin sur la droite, on sera plus tranquilles. »

Menino la regarde avec de grands yeux, puis finit par obtempérer. Nerveusement, il reprend tout l'attirail, fait tomber la glacière, manque d'en renverser le contenu sur le sable, saisit le couvercle mal fixé qui a atterri à ses pieds, l'époussette à la va-vite et le balance sur la glacière. « *Ce que femme veut, Dieu le veut !* C'est comme ça qu'on dit en français, il me semble ! »

Pauvre Menino, il est contrarié. Ils marchent cinq longues minutes dans le sable, jusqu'à ce qu'il n'y ait plus que quelques personnes autour d'eux : une famille et un groupe. Joséphine étale sa serviette. Menino lui fait un signe de la tête, mais elle ne comprend pas. Glacière toujours en main, il ne semble pas vouloir s'installer. Il s'approche d'elle et à l'oreille lui glisse : « Joséphine, regarde derrière toi, on ne va pas rester là. »

Elle se tourne discrètement et fait demi-tour aussi vite, gênée d'avoir eu un regard inquisiteur. La joyeuse bande derrière eux est nue. Elle se penche vers Menino : « Toi qui voulais un peu de chaleur, tu vas être servi », et elle s'assoit sur sa serviette, bien déterminée à rester là.

« Ce que femme veut… »

L'océan est agité, le soleil tape dur, Joséphine se tartine de crème. Menino quant à lui cligne des yeux toutes les deux minutes. Ses lunettes de soleil sont cassées depuis le début de l'été et chaque fois il oublie de les faire réparer. Voilà trois mois qu'il a les yeux rouges…

Joséphine est allée toucher l'eau du doigt de pied, c'était très froid, et puis elle s'y est enfoncée jusqu'aux mollets. L'océan est agité et le bas de sa robe tout mouillé. Elle comprend mieux Nuno quand elle a les pieds dans cette mer froide. Sa force intérieure, celle de la plupart des Portugais. Ils sont nés là-dedans, dans ces remous aussi éclatants que brutaux qui imposent le respect et transmettent la fougue.

Menino est allongé sur sa serviette, il a sorti le jeu de cartes et l'attend. Lui aussi est resté habillé, c'est mieux pour le soleil. Elle, c'est une autre affaire, elle ne se trouve pas très sexy par rapport aux séduisantes Portugaises qu'elle voit autour d'elle.

Ils jouent pendant des heures. C'est serré entre eux. Il est mauvais perdant. Elle aussi. Ils se chamaillent. Parfois même, ils arrêtent le jeu et la conversation. Vient le silence de la dispute, un peu gênant mais que l'on peut aussi partager quand on devient intimes. Il sort son petit carnet. Elle observe la puissance des vagues.

Le groupe de quarantenaires derrière eux se lève. Tous à poil. Menino laisse échapper un éclat de rire. Quel idiot ! C'est ça, la liberté. Ils s'étirent et vont à l'eau tranquillement, sans élan malgré le froid. Elle les regarde avec plaisir. Ils y passent une demi-heure, peut-être une heure, à jouer au ballon, à nager, à se raconter des bêtises.

Quand ils sortent, Joséphine est gagnée par l'envie. L'envie d'essayer, de dire oui à ce plaisir simple, de sentir le soleil et l'eau sur sa peau. Elle se lève, enlève sa robe. Menino l'observe. Et puis, comme si c'était naturel, elle décroche son soutien-gorge, le jette sur la serviette, enlève ensuite sa petite culotte. Elle entend Menino qui avale sa salive, et s'en va comme une reine. Elle se jette dans l'eau en passant par-dessus la vague, prend plaisir, vit. Pour la première fois, elle a l'impression de sentir pleinement son corps. L'eau passe sous ses seins, tout est doux. Elle nage et rit de cette découverte, c'est si bon ! Elle se sent femme. Tout habillé sur sa serviette, Menino la fixe toujours.

21

Elle entre dans le bureau de Pierre alors qu'il ne l'attendait pas. Il était en train d'écouter *O primeiro dia* de Sérgio Godinho, une découverte qu'il a faite grâce à Viviane la nuit où ils se sont aimés. Cette chanson, c'est toute la *saudade* portugaise, l'authenticité et la promesse d'un renouveau, c'est sa raison d'être ici.

Fanny est seule pour la première fois – d'habitude elle est accompagnée de Nuno, et il prend soin de convenir d'un rendez-vous. À la main, elle tient le magazine ouvert sur l'interview qu'on a faite de Pierre. Elle a mis sa jupe moulante rouge pétant et son rouge à lèvres assorti. En haut, un chemisier blanc en soie, suffisamment déboutonné pour que l'on devine sa poitrine, mais pas assez pour que cela soit vulgaire – Fanny est aux antipodes de la vulgarité. C'est sa tenue de lionne. Quand elle est en rouge, elle se prépare à attaquer. C'est comme si cette jupe, ces talons et ce rouge à lèvres lui donnaient une confiance en elle supplémentaire.

Elle lui sourit, lui tend la main et s'assoit sans qu'il l'ait invitée à le faire.

« Chouette interview !
— Merci. Tu n'es pas avec Nuno ?
— De nos jours, Pierre, une femme sait se déplacer sans son homme, tu devrais le savoir.
— Tu es très en beauté.
— Passons. Je viens te voir parce qu'on a un petit souci. »

Pierre n'aime pas, quand il y a un petit souci dans leur dynamique bien huilée. Mais il est habitué, ce n'est pas le premier obstacle auquel ils font face, ils vont bien réussir à résoudre ça.

Ce sont les « indics », ceux qui leur transmettent l'information dès qu'un immeuble ou un appartement est vacant : les guides touristiques, les conducteurs de *tuk tuk*, les restaurateurs, le petit marchand de glaces artisanales et les autres… Ils se sont plaints. Les petits billets de Nuno, ça ne leur suffit plus. Ils ont des yeux. Ils voient. Les immeubles qui sont démolis en un éclair et reconstruits presque aussi vite. Les autres, aux fenêtres murées. Au début, ils n'ont pas compris, puis ils se sont renseignés et ont découvert la spéculation immobilière. À Lisbonne, un investisseur peut acquérir un bâtiment pour 1 million d'euros et le revendre 1,5 million le lendemain, à condition qu'il soit vide. C'est déjà arrivé Rua dos Remédios, ils en ont entendu parler. Alors ceux qui sont murés depuis des mois, ça doit bien grimper ! Ils ont eu vent des expulsions de personnes âgées aussi, et ils voient leurs copains perdre leur logement. Bref, ils se demandent si tout ce business est vraiment une bonne idée, d'autant qu'ils n'en voient pas vraiment la couleur. Et maintenant, avec cette interview, ils ont pu mettre un visage sur un investisseur. Ils se sont renseignés sur lui. Il est plein aux as. Et eux touchent des pourboires ridicules pour fournir des informations essentielles.

Pierre réfléchit. On ne peut pas faire sans eux. S'ils se mettent à se rebeller, ça ne sera pas bon, déjà qu'il faut gérer toutes ces associations qui font de la résistance.

« On va leur donner davantage. Mais je pense que ça ne suffira pas, ils ont besoin de sentir qu'ils font partie de l'aventure, il ne faut plus les laisser dans l'ombre. Nous allons organiser un grand rendez-vous mensuel : on y invitera toute la haute société portugaise et française, et ils seront conviés. On va leur ouvrir les portes de notre manoir ! Est-ce que ça n'est pas ça, la beauté de Lisbonne ? Tout le monde peut percer, le marché laisse place même aux plus faibles. On montrera que ce que l'on fait est vertueux. Et voilà comment transformer un problème en une belle opportunité ! »

Fanny acquiesce. Elle trouve l'idée plutôt bonne, même si, il le sait, elle se demande comment tout ce petit monde va s'accorder. Pierre sent aussi qu'elle ne lui a pas tout dit. La lionne est encore là en face de lui, en attente de quelque chose. Il faut qu'il arrive à comprendre ce qu'elle est venue chercher, il ne faut pas qu'elle reparte sans l'avoir obtenu.

Jusqu'ici, Nuno et Fanny ont été des éléments clefs de son succès. Nuno a été assez facile à cerner : il voulait grimper l'échelle sociale. Ça se voit, Nuno n'est pas des leurs, il revient de loin et il n'a pas leurs moyens. Il a déjà parcouru un sacré bout de chemin avant qu'ils se rencontrent, et Pierre lui offre l'espoir d'un avenir prospère. Il aime ce genre de gamins qui en veulent. En Fanny, il se retrouve un peu. Elle a besoin de reconnaissance, de faire aussi bien que ses parents, voire mieux. Mais il y a autre chose. Derrière son tempérament capricieux et presque arbitraire, il sent des envies de gloire peut-être. Ce que lui n'a jamais cherché. S'il passe dans les magazines, c'est pour des raisons tactiques, mais moins il est sous les feux des projecteurs, mieux il se porte.

« J'ai fait part de la réussite de ton site Internet à des amis journalistes, en France. Certains sont intéressés par ton parcours et ce que tu as accompli. Ils aimeraient te mettre en lumière, si tu es d'accord.

— Pourquoi tu ne m'en as pas parlé avant ?

— Je viens de l'apprendre. Et il y a autre chose. On m'a demandé d'intervenir pour le prochain Salon de l'immobilier portugais à Paris. Mais j'ai pensé qu'il serait beaucoup plus fructueux d'avoir un intervenant plus neutre, comme toi. Tu connais tout de Lisbonne, son charme, ses opportunités, la manière de s'y soigner, la situation des retraités, des entrepreneurs, des salariés, des investisseurs privés, tu es la personne idéale. Est-ce que tu serais partante pour donner une conférence ? Ce sera à la mi-mai 2019. Octobre commence à peine, ça te laisse du temps pour la préparer. »

Les joues de Fanny se sont empourprées. Elle acquiesce, avec un air sérieux et détaché. Mais il le sait, il vient de toucher sa cible. Maintenant il n'y a plus qu'à trouver les journalistes en question et à convaincre son contact sur le Salon.

22

Menino part rendre visite à Senhor Zé après une longue journée de travail. Aujourd'hui, Catarina lui a annoncé qu'elle avait trouvé un appartement à une heure de Lisbonne. « C'est pas mal, c'est déjà ça », elle a dit. D'habitude c'est sa phrase à lui, mais là il n'a pas réussi à la prononcer. Entre l'Alfama et la banlieue de Lisbonne, il y a quand même un monde. Et pour une fille seule qui aime bien prendre des verres le soir avec ses amis, ça va lui faire tout drôle de se retrouver là-bas…

Il est 19 heures lorsqu'il arrive en bas de chez son ami. Sous son bras, il tient une pochette à dessins grand format. Il a commencé à travailler sur le chevalet. Il appuie sur l'interphone, mais aucune sonnerie ne retentit. Il regarde à droite, à gauche, ne voit rien et se met à crier : « Senhor Zé ! » Il déteste faire ça.

Le vieux monsieur apparaît à la fenêtre. Le voisin d'un autre immeuble aussi.

« *Desculpe*, pardon, bredouille Menino dans sa barbe tout en tapant du pied, mais ça n'est pas ma faute… »

Après que le bip d'ouverture de la porte s'est fait entendre, il monte les marches une à une. Au niveau du premier étage, il lève la tête, mais il n'y a pas de Senhor Zé penché sur la rambarde. Il parvient au deuxième, s'arrête devant la porte entrouverte et n'ose pas entrer. C'est la première fois que son vieil ami n'est pas là à l'attendre.

« Je suis au salon, Menino, viens. »

Timidement, le jeune homme pénètre dans l'appartement et se rend dans la grande pièce. Il n'y a pas de petits gâteaux sur la table, pas d'eau en train de chauffer à la cuisine. Zé est assis sur le canapé, les yeux fixés sur la fenêtre, il ne semble même pas remarquer la pochette à dessins. Le ventre de Menino gargouille, il avait une petite faim quand même…

« La sonnerie de l'interphone est cassée.

— J'ai vu ça, oui, c'est pour ça que je me suis permis de crier.

— En plus de trente ans, c'est la première fois que ça arrive.

— Oh, bah, vous avez de la chance, Senhor Zé, moi c'est une semaine sur deux qu'elle ne fonctionne pas ! »

Menino laisse échapper un petit rire. L'autre ne répond pas tout de suite.

« Elle est cassée depuis une semaine. Mais, la veille, elle marchait très bien. »

Menino essaie de comprendre pourquoi son ami se met dans un état pareil pour une sonnette.

« Un interphone en panne, Menino, ce sont des visites qu'on laisse passer, un facteur auquel on ne répond pas, une solitude supplémentaire…

— Ça va vite être réparé, Senhor Zé… »

Menino le voit murmurer quelques mots tout bas, si bas qu'il n'entend pas. Il pose la pochette contre la table, s'approche du canapé, se penche vers son ami et colle l'oreille à sa bouche.

« Il y avait cet homme, le jour où elle s'est arrêtée.

— Quel homme, Senhor Zé ?

— Le même qui est venu me demander de quitter l'appartement, au début de l'été. »

Ils n'en ont jamais parlé ensemble, mais ça n'est pas le moment de faire des secrets, alors Menino lui dit qu'il est au courant. Zé ne réagit pas. Il est comme abattu. Comment faire pour l'aider, pour le rassurer ? Menino reste là de longues minutes durant, désemparé, puis finit par reprendre sa pochette et partir, le laissant seul sur son canapé. Il aurait bien aimé lui être utile, et peut-être le serrer dans ses bras. Il se dépêche de rentrer à la maison pour en parler à Joséphine. Elle aura sûrement un moyen de rassurer Senhor Zé.

Chez lui, le silence règne. Il trouve Nuno dans le salon, le regard fixe. Mais c'est une malédiction ce soir ou quoi ? Joséphine n'a pas l'air d'être dans les parages.

« J'ai quelque chose à te dire, Menino. »

Celui-ci le regarde et ne dit rien en attendant de savoir ce qui se trame.

« Assieds-toi, c'est mieux. »

Menino obtempère, et son pied commence à taper le sol par intermittence.

« Arrête avec ça, je ne supporte pas cette manie que tu as.

— Quelle manie ?

— On va devoir partir, on est virés de l'appartement. »

Un bourdonnement sourd résonne dans les oreilles de Menino. Il savait qu'un jour ça pouvait arriver, mais bizarrement il n'était pas préparé. Nuno et Joséphine sont ses amis, il n'a pas envie de les quitter. Lisbonne est sa ville, il veut continuer à arpenter ses ruelles. Non, il n'ira pas vivre à une heure de là, où il faudra qu'il achète une carte de transport, qu'il se tape les tristes mines du métro, qu'il stocke à l'avance ses pâtisseries parce que le soir tout est fermé, de toute façon il n'y a peut-être même pas de pâtisserie là-bas. Non, il ne fera pas ça !

Il se lève et clame : « Non ! Non, Nuno, je ne partirai pas, on ne partira pas. On va rester, et on va se battre. On va aller voir mes amis de l'association Tectos. »

C'est la première fois de sa vie que Menino refuse ce qu'on lui impose.

« Arrête de dire n'importe quoi, on ne va pas aller voir ces débiles ! J'ai déjà signé l'accord. On doit avoir quitté les lieux dans un mois. Mais ne t'inquiète pas, j'ai une solution pour nous deux. Il n'était pas question qu'on se sépare. Je nous ai trouvé un appartement à trois rues d'ici. C'est petit, ça va nous changer, il n'y a pas de salon, mais une chouette cuisine et on aura chacun une chambre, on sera bien.

— Nuno, je ne pars pas sans Joséphine. Je ne la laisse pas sur le trottoir alors que sa famille est en France et qu'elle n'a nulle part où aller. »

C'est la deuxième fois de sa vie que Menino dit non.

« Elle n'a qu'à y retourner, en France, ça fera plus de place ici pour les Portugais. Ce serait un peu cohérent avec ses engagements, tu crois pas ? »

Menino ne sait pas, il n'a pas envie qu'on l'embrouille, pas envie d'argumenter, de toute façon rien ne lui vient, il ne sait pas qui a raison de Nuno ou de Joséphine, mais ce qu'il sait, c'est qu'il ne part pas sans l'un d'eux.

« On aura une chambre pour deux, elle et moi, c'est pas grave. »

C'est sorti tout seul. Est-ce qu'il va regretter, est-ce qu'elle va interpréter ça comme il ne faudrait pas, est-ce que son intimité lui manquera ? Il n'a pas réfléchi à tout ça.

Nuno esquisse un sourire. « Ah, le coquin ! Tu sais, tu devrais te méfier de cette fille. Lisbonne est une ville qui mérite d'être belle, d'être rénovée, d'être visitée, d'attirer des gens du monde entier. C'est une capitale européenne, Menino ! Combien de temps est-elle restée dans l'ombre ? Ça y est, elle en sort enfin, on lui refait une beauté, on l'admire, tout le monde la veut. Tu n'es pas fier de ça, toi ? On est sortis de la crise, on n'a pas coulé comme la Grèce, et maintenant les gens ont du boulot ! Alors, OK, il y a quelques dommages collatéraux, on doit déménager. Mais bon, tu crois qu'on peut vivre en plein centre de Paris dans un appartement aussi grand, toi ? Non, c'est le prix à payer pour que notre pays et notre ville aillent mieux, c'est comme ça. »

Menino enregistre. Il faudra qu'il parle de tout ça à Joséphine. Plus tard. Pour l'instant, tout se bouscule dans sa tête. C'est ici qu'il a pris son envol vis-à-vis de ses parents, ici qu'il a commencé à construire sa vie d'adulte, qu'il a découvert tant de personnes d'horizons différents. Et dans un mois il n'y aurait plus rien de tout ça ? Il faut au moins que les liens perdurent.

« On s'arrangera, elle et moi. Je veux qu'elle vienne, Nuno, c'est comme ça, c'est tout. Si tu tiens à ce que je sois là, tu dois accepter qu'elle le soit aussi. »

Il a dit ça sans que son pied tape par terre, sans que sa voix faiblisse, sans aucun signe d'agacement. C'est sorti tout seul, avec fluidité.

À l'autre bout de l'appartement, on entend la clef tourner dans la serrure. Joséphine les trouve tous deux au salon, chacun sur un canapé, mutiques.

« Menino a une nouvelle à t'annoncer, Joséphine. »

23

Joséphine, allongée dans le lit une place de Menino, ne trouve pas le sommeil. Son insomnie la condamne à entendre les ébats d'un couple à l'étage supérieur. Elle et ses deux colocataires ont maintenant un appartement Airbnb juste au-dessus de leurs têtes. Les nuisances sonores sont pires que les tracas qu'ils rencontraient avec les drogués de leur ancien logement : bruits de valise dans la cage d'escalier à toute heure, fiestas en pleine semaine, et parfois coups de sonnette au milieu de la nuit de gens éméchés se trompant d'étage…

Au pied du lit, son ami portugais dort comme un bébé sur le matelas que Nuno a dégotté. Le drap qui le recouvre présente Spiderman dans différentes positions héroïques – encore un mystère de Menino… Il lui apparaît évident qu'un homme qui dort dans un lit simple avec des draps de super-héros ne cherche pas vraiment à rencontrer une femme. Pourtant, quand elle le lui a fait remarquer, il a rétorqué : « La femme qui osera grimper dans mon lit, je la prendrai dans mes bras en même temps que je m'accrocherai au plafond comme Spiderman, et ça, peu d'hommes savent le faire, mademoiselle ! » Elle a pouffé de rire, mais à l'évocation de cette image ce soir une petite sensation de chaleur lui traverse le ventre.

Lorsque Joséphine a appris qu'ils étaient expulsés, il y a un mois et demi, elle a tenté de trouver une chambre quelque part, bien que l'idée de quitter Menino ne la réjouisse guère. Mais en vain. Elle a alors songé à abandonner la thématique lisboète de sa thèse et à rentrer en France. C'est Menino qui l'a convaincue de rester. Il a beau ne pas avoir l'air de comprendre pleinement ce qui la retient ici, il sait l'importance que cela a pour elle, alors il a su trouver les mots pour que les obstacles, si durs soient-ils, ne la fassent pas renoncer. Joséphine lui en est profondément reconnaissante. Ainsi qu'à Nuno, qui est pourtant du côté de ce qu'elle combat. Sans lui, elle ne serait pas ici, et elle n'aurait pas non plus découvert certaines beautés secrètes de Lisbonne. Ils ont eu une grande discussion un soir, Nuno argumentant en faveur des bienfaits de ce nouvel essor immobilier, Joséphine luttant de son mieux pour lui opposer les expulsions, les jobs précaires, le niveau de vie en baisse, l'endettement des ménages. « Tout changement a forcément des dommages collatéraux, il faut se battre pour s'en sortir », avait conclu Nuno. Fin des débats.

Pourtant, de plus en plus de personnes se rallient à leur cause. Tectos a su prendre un virage stratégique avec la grande manifestation du 22 septembre en invitant toutes les associations à se mobiliser. Il y en avait quarante-huit ce jour-là. Ainsi que trois mille personnes dans les rues, et pas une bannière politique ni syndicale, uniquement les banderoles de Viviane et de centaines d'autres personnes. C'était une belle démonstration que le droit au logement est important. Un si grand nombre de gens qui marchent pour défendre une cause, au Portugal, c'est vraiment rare.

Mais cela ne suffit pas. Une nouvelle loi vient d'être promulguée qui empêche la création de logements Airbnb dans des « zones rouges ». Une autre va sortir, qui freinera la plateforme dans des « zones jaunes », mais, comme elle n'a pas encore été votée, tous ceux qui viennent de rénover des appartements touristiques en zone jaune s'affairent à s'enregistrer sur Airbnb tant qu'il est encore possible de le faire librement.

Ce soir, Menino et Joséphine sont allés se balader dans les rues de la Mouraria, en dessous de Graça et de l'Alfama, un des plus jolis quartiers de la vieille ville. Là-bas, ils ont vu des logements neufs dont l'architecture jure avec celle des immeubles anciens. Même Menino a concédé que c'était un désastre. Ils ont remarqué également qu'il n'y avait pas de serrures aux portes de certains immeubles, des digicodes avaient été installés à la place. « Il faudra parler de ça à Nuno, quand il dit que ce phénomène crée des emplois ! Maintenant, plus besoin d'un gentil Portugais pour assurer la transmission des clefs pour quelques euros, bienvenue dans le monde de l'automatisation ! Et tu sais, de plus en plus, les femmes de ménage sont remplacées par de grosses sociétés de nettoyage qui paient mal leurs employés. »

Ils ont continué à s'enfoncer dans de petites ruelles désertes. Ils étaient seuls dans la lumière jaune tamisée, entourés d'immeubles aux azulejos vieillis. Menino lui a raconté qu'autrefois il y avait toujours du monde dans ces rues. On pourrait presque y avoir peur, maintenant. Il a fini par ajouter : « Heureusement que je suis là pour t'escorter ! »

Les bruits ont cessé, mais Joséphine ne parvient toujours pas à dormir. Novembre suit son cours, cela fait maintenant plus de quatre mois qu'elle est ici. Dans moins de huit mois, elle devra repartir, mais elle n'en a plus envie. Elle se sent tiraillée intérieurement. Si elle restait ici, est-ce qu'elle deviendrait une part du problème ? Est-ce qu'elle ne l'est pas déjà aujourd'hui ?

La respiration de Menino se fait plus douce. Peut-être qu'il est en train de se réveiller, peut-être que lui aussi est troublé par sa présence ? Elle pourrait rouler hors de son lit et atterrir directement sur lui. Elle voudrait entendre son souffle tout près de son oreille. Poser ses mains sur son visage. L'embrasser. Et faire surgir le Spiderman qui est en lui. Parfois, cette envie la réveille la nuit.

Mais lui ne semble pas du tout perturbé par leur cohabitation. En parfait gentleman, il lui laisse son intimité : il se couche toujours après elle, et ne se lève qu'une fois qu'elle a rejoint la cuisine pour avaler son petit déjeuner. Pourtant, elle aimerait bien saisir l'expression d'un désir chez lui. Mais rien. Le soir, quand elle cuisine, elle l'entend parfois arriver en claquant la porte de l'appartement. Dans ces moments-là, elle sait que Maria lui a fait passer une mauvaise journée. Alors, il rejoint directement la chambre et y reste une petite demi-heure avant de la retrouver. Elle l'entend chanter du George Michael d'une voix aiguë. Quand il ressort, il est détendu. C'est drôle, ces moments d'intimité volée. Ce sont eux qui l'aident à tenir dans cet appartement étriqué. Un jour, peut-être, elle osera rouler sur le côté…

24

Après avoir découvert son pouvoir d'influence sur les réseaux sociaux, Viviane a décidé d'en profiter pour inventer un nouveau parcours touristique gratuit. En musique, avec son piano mobile, elle a créé le *tour* du « Lisbonne qui s'effondre », de l'Alfama à Graça.

Elle commence par les immeubles rasés. Des trous béants dans le paysage, que les Lisboètes et certains étrangers découvrent avec stupeur. Comment a-t-on pu en arriver là et où sont passés les habitants ? Parfois, il reste la façade, une paroi qui se tient droite grâce à de nombreux étais. On rénove par-derrière, créant de tout petits appartements qui seront loués sur Airbnb, et depuis la rue on conserve le charme de l'ancien. Pratique ! La plupart de ces immeubles avaient été construits après le séisme de 1755 et étaient conçus de manière à résister à un prochain tremblement de terre. Ce sont plus de deux siècles d'histoire qui partent en fumée au profit de quelques promoteurs immobiliers. Car ils ne sont pas nombreux, et ils concentrent dans leurs mains la plupart des nouveaux investissements à Lisbonne. De temps en temps, Viviane arrête de jouer pour laisser résonner les marteaux-piqueurs, ce nouvel instrument que les habitants de Lisbonne connaissent trop bien.

Et maintenant, place à la reconstruction. Elle se rend devant des immeubles dont l'architecture jure avec celle de leurs voisins. Les balcons ne ressemblent en rien à ceux de Lisbonne, les façades non plus, on a fait des constructions modernes dans un centre-ville vieux comme le monde.

Elle ne manque pas de passer par des petites rues comme la Rua dos Remédios. Celle-là était connue pour ses petites échoppes. Elles n'ont pas été épargnées. Les commerçants, cordonniers, primeurs, barbiers, cavistes, épiciers, qui étaient là depuis toujours, avec leur bonhomie, leurs petits prix, le charme si particulier de l'Alfama, les années écoulées à regarder les gens passer assis sur une chaise, ces commerçants ont disparu, car ils n'étaient que locataires et n'ont pas résisté à l'augmentation des loyers. Mais il n'y a aucune raison de s'inquiéter, ils ont été remplacés par des bars, des restaurants à fado, des *concept stores*, des barbiers qui offrent des prestations qu'aucun habitant du coin ne peut se payer. De toute façon, ça n'est pas grave puisque les habitants du coin ont presque tous disparu. Seules deux épiceries résistent. Dont celle où Senhor Zé vient lire son journal l'après-midi.

Avant de quitter tout ce petit monde, Viviane répond aux questions que cette visite a fait naître. Certains veulent savoir comment continuer à être informés, d'autres voudraient pouvoir agir, mais ne sont pas sûrs d'être faits pour ça, ils signeraient cependant volontiers les pétitions qui circulent contre les destructions de certains immeubles. Un tout petit nombre se dit prêt à rejoindre les réunions et manifestations qui luttent contre la transformation de la ville.

Après avoir discuté avec chacun, elle passe une tête dans l'épicerie pour y faire un signe à Zé, mais la chaise habituellement occupée par son ami est vide. Avant que le soleil ne se couche sur cette journée de décembre, elle s'en va ranger son piano mobile dans le hangar d'un copain et décide d'aller rendre visite au vieil homme. Ça n'est pas dans ses habitudes de manquer à l'appel.

Arrivée en bas de chez lui, elle sonne à l'interphone, mais remarque que le petit bruit habituel ne se déclenche pas. Il est 17 h 30, la nuit est déjà tombée, mais tant pis. Elle prend sa plus belle voix et pousse la chansonnette sous la fenêtre de son ami. La tête d'un voisin apparaît. Il n'a pas l'air mécontent. Il se poste là comme au spectacle et l'écoute attentivement. L'Alfama d'avant, celui où le fado résonnait au travers des voix de ses habitants, revient furtivement à la vie. Viviane se laisserait bien prendre par la magie de l'instant, mais un touriste se penche à une fenêtre et lui demande de se taire, elle vient de le réveiller pendant sa sieste. Alors elle cesse de chanter et se met à crier : « Senhor Zé ! Senhor Zé ! »

Celui-ci finit par se pencher au-dehors. Il n'a pas bonne mine. « C'est ouvert », lui lance-t-il.

Effectivement ! Viviane n'avait pas remarqué. Elle pénètre à l'intérieur de l'immeuble, pose sa main sur l'interrupteur, mais la lumière ne répond pas. Il fait noir dans le hall, elle va devoir monter à l'instinct et s'agripper à cette rampe qu'elle trouve si sale. Elle gravit les marches doucement, en veillant à ne pas se prendre les pieds dans sa longue jupe. Arrivée au deuxième étage, elle trouve la porte entrouverte, mais personne pour l'accueillir. Décidément, Senhor Zé ne doit pas être dans son assiette.

Lorsqu'elle parvient au salon, elle le voit assis sur le canapé, immobile, les mains sur les genoux. Il se tourne vers elle et, avant qu'elle ne dise un mot, prend la parole : « Ils sont revenus, Viviane. Au début, j'ai pensé que j'étais paranoïaque. Ça a commencé par l'interphone qui ne sonnait plus alors que c'est un vaillant soldat depuis toujours. Puis il y a eu la porte de l'immeuble : elle ne ferme plus, n'importe qui peut entrer, vous imaginez ? Ça n'est pas que je craigne beaucoup les malfrats, mais à mon âge, il est possible que je ne sache pas me défendre… Et maintenant, il n'y a plus de lumière. Chaque fois qu'un problème est arrivé, je l'ai vu au coin de la rue, l'homme que vous aviez reçu avec tant de fermeté, qui voulait me remettre une lettre. J'ai d'abord cru que je l'avais surpris sans qu'il le veuille, et puis j'ai compris son manège. Il souhaite que je sache pourquoi tout cela arrive, il veut que j'aie peur, et que je fuie. »

La petite moustache de Senhor Zé bouge encore après qu'il a prononcé ces mots.

Depuis qu'elle en a entendu parler, c'est la première fois que la pianiste enflammée se retrouve face à un cas réel de harcèlement immobilier. Et il fallait que cela tombe sur son ami !

« Vous n'êtes pas parano, Senhor Zé, et nous allons vous aider.

— Oh, Viviane, je ne sais pas comment je vais pouvoir résister, je ne m'en sens pas la force. J'ai peur de ce qui pourrait m'arriver. »

25

« J'ai une idée ! On pourrait passer Noël avec lui !

— Et ta mère, elle va dire quoi, Menino ?

— "Tu ne m'aimes plus, mon fils ?"

— Ou pire…

— "Tu as rencontré un homme, Menino, tu peux me le dire tu sais…"

— Tu lui diras "oui" ?

— "Oui, Maman, il a un corps d'éphèbe, de longues jambes qui lui confèrent quinze centimètres de plus que moi, un torse musclé…"

— Menino, tu es gay ?

— Oui, elle dira ça !

— Non, c'est moi qui te le demande, sérieusement.

— Mais tais-toi, Joséphine !

— On s'en fout que tu sois homo ou pas, c'est juste bien de le savoir. Je ne te vois jamais t'intéresser à une fille…

— C'est que, pour l'instant, je n'en ai rencontré aucune d'intéressante.

— Bon.

— Bon… On se dispute encore une fois ou on réfléchit à un Noël avec Senhor Zé ?

— Ici, c'est trop petit.

— Chez Viviane, ce serait bien !

— Elle sera en France avec sa famille pour les fêtes.

— Mmmmh…

— Chez lui ! On décore son appartement, on lui redonne la joie d'y être.

— Bonne idée, *fofa* !

— *Fofa ?*

— Je crois qu'en français c'est "mignonne". Il va falloir un max de pâtisseries, Senhor Zé adooooore ça !

— Senhor Zé, oui, bien sûr…

— Tu crois qu'on peut lui redonner le sourire ?

— Je n'en sais rien, Menino, je crois surtout qu'il va falloir s'accrocher pour l'aider à gagner le combat. Mais son moral est important, c'est sûr, il faut l'entretenir !

— Et toi, tu voulais pas aller à Toulouse pour les fêtes ?

— Mes parents, ils comprennent. Ils sont tombés amoureux ici.

— T'es amoureuse ?

— …

— Han ! T'es amoureuse de Nuno. M'enfin, Joséphine, il est déjà pris.

— …

— T'inquiète, je ne lui dirai rien.

— T'es vraiment con comme mec ! Faut que j'y aille, je suis en retard pour ma réunion avec Rosa et Viviane. Tu ferais bien de te joindre à nous, tiens, ça concerne Senhor Zé.

— OK.

— T'as dit quoi ?

— J'ai dit OK.

— …

— Ah bah voilà, j'aime quand tu retrouves le sourire. Bon, t'es prête ou il faut que je t'attende encore longtemps ? »

26

Fanny espère que la douceur de l'hiver portugais lui fera toujours cet effet. Elle aime avoir son manteau de laine et une paire de lunettes de soleil sur les yeux. La lumière est chaude et rassurante. Quand elle est là, tout va bien. Et puis il y a Nuno. Ils ne se tiennent pas par la main, car ils sortent d'un rendez-vous, mais leurs corps marchent à l'unisson.

Il se passe quelque chose de nouveau pour elle. Quand il s'en va le soir, c'est comme un déchirement. La nuit, la paume de sa main se pose sur la place d'à côté, dans son grand lit. Elle le cherche et s'étonne de ne pas le trouver. Elle le voudrait près d'elle à chaque moment. Ça ne lui ressemble pas, elle qui tient tant à son indépendance et n'a jamais accordé grande importance à un homme jusqu'ici, même à ceux qui brillaient en société. Elle pensait qu'il lui fallait quelque chose de grandiose pour la détourner d'elle-même. Et voilà que maintenant elle aimerait un enfant de lui, Nuno. Elle se sent devenir niaise. D'où vient ce désir guimauve qu'ils rentrent ensemble le soir, après leurs dures journées exaltantes, qu'il lui cuisine un ragoût, comme il sait si bien le faire, qu'il ne s'en aille pas après l'amour, que leurs corps s'enlacent chaque nuit ?

Pour la toute première fois, on lui résiste. Bien sûr, il est fou d'elle. Comme tous les autres l'ont été. Il ferait tout pour la satisfaire, il l'a montré tant de fois. Pourtant il y a une chose qu'il lui refuse, c'est de rester dormir. Rester dormir, c'est un peu comme promettre de ne jamais repartir. Elle qui pensait que tout était gagné avec lui, elle ressent chaque départ comme un signe qu'il pourrait la quitter du jour au lendemain. Il n'oserait pas faire ça, évidemment, mais il est incapable de dire « oui ». Oui, je suis là. Oui, je reste. Oui, je serai toujours là.

Elle voudrait lui parler de tout ça. Est-ce qu'elle osera se mettre à nu, dévoiler ses espoirs secrets, prendre des risques ? Putain, elle est amoureuse, c'est tellement banal !

Et si elle le mettait au pied du mur ? Comme ça, elle resterait en position de force. Là, maintenant, tout de suite.

Elle s'apprête à ouvrir la bouche lorsqu'elle remarque une femme qui les observe. Sous son manteau noir, elle est vêtue d'une blouse de travail à fleurs, et elle trimballe un grand sac Ikea bleu rempli à ras bord. Celui que portent toutes les femmes qui viennent du Grand Lisbonne pour faire le ménage et laver le linge des appartements Airbnb de la vieille ville. Fanny est gênée par ce regard. Peut-être que cette femme les envie, elle qui a l'âge d'être à la retraite, mais ne l'est visiblement pas. Elle lui rappelle sa vieille nounou. Son visage est doux. Elle y saisit une lueur de surprise et d'espoir.

« Pourquoi elle nous fixe comme ça ? Tu la connais ? »

Nuno, qui comme toujours avait le nez en l'air sur les immeubles à la recherche de la pépite à dénicher, se tourne vers Fanny, puis vers l'endroit où porte son regard. Il se fige, devient blême. « Non, je ne la connais pas », dit-il en baissant la tête.

Lorsque Nuno a croisé ses yeux, l'inconnue a esquissé un sourire et son sac est tombé à terre. Une larme coule sur sa joue.

Fanny ne comprend pas.

« Nuno ?

— Je ne me sens pas très bien. Déjà ce matin, j'avais des vertiges et la nausée. Dépêchons-nous d'aller au café, ça me fera du bien de m'asseoir. »

La femme n'a toujours pas repris son chemin. Ses jambes semblent plantées dans le sol.

« Quand même, c'est bizarre, Nuno.

— Laisse tomber, elle doit être folle. »

Il a parlé fort, elle a entendu. Elle secoue la tête comme si elle sortait d'un rêve, saisit son sac à terre et reprend son chemin. De temps à autre, elle jette un œil derrière son épaule dans leur direction. Nuno reste pâle, mais il avance dans la ruelle, et Fanny finit par le suivre, troublée.

27

Ils sont chez Marc et Étienne, le service vient de se terminer et ils prennent le café tous ensemble. C'est rare qu'ils puissent s'offrir ce genre de moments, ils sont justement en train de se promettre de le faire plus souvent. Ils pourraient peut-être institutionnaliser ça ?

Ils viennent de parler de la manifestation de septembre dernier. Ils ne comprennent pas trop ces Portugais qui refusent le progrès et l'ouverture à l'autre, à l'étranger. Mais c'est comme ça, il y a toujours une partie de la population qui a du mal à suivre. Ils en connaissent certains qui sont ravis de ces changements. Toute évolution comporte ses douleurs, il faut les assumer, c'est pourtant simple.

Adélaïde fait part de ses inquiétudes. Elle était dans un café tenu par un Français quand la manifestation est passée à côté d'elle. Devant la vitrine, un jeune homme s'est arrêté. Il l'a observée, elle était la seule cliente ce jour-là. Puis il a levé un panneau sur lequel elle a pu lire : « FRANÇAIS, RENTREZ CHEZ VOUS ». C'est grave, très grave. Pour la première fois, elle s'est figuré ce que peuvent ressentir les minorités opprimées dans des sociétés qui les rejettent.

« T'exagères pas un peu, Adélaïde ? Moi je peux te dire ce que ça fait d'être une minorité opprimée, je te jure que ça ne ressemble pas à notre situation ici. » C'est Marc qui l'a arrêtée sur sa lancée. Lui est né dans la campagne française, il lui a fallu des années pour comprendre qui il était. Des années de souffrance, à se sentir si différent, à ne pas se trouver à la hauteur, à avoir peur de ses désirs, à entendre les homosexuels se faire dénigrer, parfois même à se faire tabasser. Même quand il est arrivé à Lisbonne, il y a longtemps, il a senti à nouveau dans le regard des gens cette peur de la différence. Elle était dénuée d'agressivité, mais ça lui a tout de même fait mal.

« OK, peut-être que j'exagère. Mais regarde quand même où on en arrive. Tu comprends, toi, Nuno ?

— Certaines personnes ont besoin de rejeter sur les autres la responsabilité de leur propre condition. Elles ne sont pas capables d'admettre que, si elles ont des emplois précaires, c'est parce qu'elles n'ont jamais cherché à avoir mieux, elles ne se sont pas battues pour s'en sortir. Alors oui, ensuite, elles restent sur le carreau.

— T'es un peu dur, là… L'ascenseur social, ça ne fonctionne pas pour tout le monde.

— Elle me demande mon avis, je le donne. Ça fonctionne pour qui veut que ça fonctionne. C'est une question de volonté.

— Ouais… On n'en sait rien, on ne vit pas ce que vivent ces gens. »

Un flash vient de passer derrière les yeux de Nuno. Le visage de son petit frère. Il faut qu'il s'en aille d'ici, ça va revenir. Il décide de sortir prendre l'air.

Fanny le rejoint. Depuis deux mois, elle n'est qu'amour avec lui, ça lui fait très bizarre. Il attendait ça depuis si longtemps, mais il n'arrive pas à gérer, c'est trop pour lui, il n'est pas habitué. Elle le regarde droit dans les yeux : « J'ai envie que tu viennes habiter chez moi. »

Le flash est revenu. Nuno commence à suffoquer. Il s'appuie contre la façade du restaurant. Il entend une voix au loin : « Tu te sens mal, Nuno ? » Il s'assoit par terre, le trottoir se dérobe sous son corps. Ça tangue. Il se sent devenir blême à nouveau. Son torse se penche en avant, comme s'il en perdait le contrôle. Fanny s'agenouille à côté de lui. Des images de son frère arrivent en rafale. Le petit *querido* en plein fou rire, le petit *querido* qui danse dans les herbes jamais tondues, le petit *querido* sur sa chaise en train d'éplucher les patates, juste avant les flammes. « Va-t'en ! crie-t-il, va-t'en, je ne veux plus te voir, tu me hantes, tu m'obsèdes, je ne veux plus t'aimer. »

Les images disparaissent, d'un coup. Il écarte Fanny et parvient à se relever. Il murmure « Désolé » et s'enfuit en courant. À la première intersection, il tourne, puis continue sans s'arrêter sur des centaines de mètres. Quand il est sûr que personne ne peut plus le voir, il s'arrête à nouveau, s'effondre sur le trottoir et vomit tout ce qu'il a au fond de lui.

28

Le froid est arrivé en cette journée de Noël. Senhor Zé a mis un peu de chauffage pour ses invités. Il a trouvé la force de décorer son appartement avec quelques tissus de couleur, des ballons de fête, et ses dessins qu'il a affichés ici et là.

Il a ressorti son vieux costume de sa penderie. Il était tout poussiéreux, voilà un an qu'il n'avait pas servi. En l'enfilant, il a remarqué qu'il était devenu trop grand. Il s'est regardé dans le miroir de l'armoire et s'est trouvé un air de clown. Ça n'était pas pour lui déplaire. Un petit rire lui a échappé. Puis ses yeux se sont posés sur son visage et ses joues creusées. Les clowns, souvent, ça a une triste mine. Il aurait bien aimé offrir une autre apparence à ses amis, ils sont si gentils, ces petits jeunes qui sacrifient leur Noël en famille pour venir le passer avec lui. Il y a de l'espoir pour ce monde quand les vaillants s'occupent des plus faibles. Lui aussi faisait ça, dans le temps. Allez, Zé, secoue-toi, réveille ton sourire, juste pour un soir, c'est quand même pas si compliqué.

Il s'est affairé dans la cuisine pour réparer quelques bricoles. « Le repas, on le préparera ensemble », a dit

Joséphine l'autre jour, il ne faut pas la contrarier. Il a tout de même apporté quelques tasses au salon et mis de l'eau sur le feu, dans la bouilloire. Le thé, c'est sacré.

Il est 14 heures, Zé attend sagement, assis sur la chaise de la cuisine, accoudé à la table en Formica. Il regarde le petit bouquet que Viviane lui a apporté avant de s'envoler pour Paris. Dans sa peine, il sait qu'il a de la chance d'être si bien entouré.

Son corps est courbé, il ne l'était pas autant avant. Ses yeux restent fixes, comme souvent maintenant. L'atmosphère de cette petite pièce est devenue pesante. Il aimait tant être ici, à regarder le temps passer. Maintenant les secondes s'étirent et n'en finissent plus. Chaque jour, il a peur d'entendre à nouveau les coups à la porte, peur aussi de ce qu'il va découvrir en sortant de son appartement. Ces dernières semaines, il attend que le jour soit bien installé pour aller dehors, de peur de tomber dans l'escalier, et il rentre bien avant la nuit. Parfois même, il lui arrive de ne pas mettre le nez dehors. À quoi bon ?

Comme il s'est terré chez lui, maintenant « ils » ont décidé de venir le harceler directement ici. La semaine dernière, des travaux ont commencé dans l'immeuble alors qu'il n'avait été averti de rien. Les marteaux-piqueurs attaquent à 7 heures et les ouvriers arpentent le bâtiment toute la journée. Il a pris une nouvelle habitude : mettre des boules Quies dès le réveil, mais le bruit commence à le rendre fou. Un matin, il a pris son courage à deux mains et est allé leur parler – après tout, les ouvriers, ça le connaît ! Mais ils ont fait semblant de ne pas l'entendre. Zé disparaît aux yeux des autres, comme dans son costume trop grand.

Un autre jour, avec leurs machines de guerre, ils ont fini par déclencher une inondation. Il s'est demandé quel genre de zozos c'étaient pour confondre une vanne d'aération et un tuyau de circulation d'eau. Une cascade sortait de la porte de l'immeuble. Viviane a chaussé ses grandes bottes et est venue lui apporter des vivres. Depuis son canapé, Zé a entendu le savon qu'elle a passé aux gars. Elle les a même menacés de faire arrêter leur chantier sur-le-champ. Depuis lors, ils n'ont pas encore osé revenir. Mais Viviane est partie, et qui sait ce qu'il adviendra demain ? Allez, Zé, secoue-toi, réveille ton sourire, juste pour un soir, c'est quand même pas si compliqué.

« Senhor Zé, Senhor Zé ! » Les voix joyeuses de ses deux amis se font entendre au-dehors. Une petite lueur vient se raviver au fond de lui. Il n'est pas seul en ce soir de Noël.

Il les observe quelques instants par la fenêtre. « Hey, les jeunes, il va falloir que vous me fassiez une démonstration de chants de Noël pour que je vous ouvre ! »

Menino adore l'idée. C'est le genre de bêtise qui le fait rire, mais il n'est pas sûr qu'il l'aurait faite il y a quelques mois. On dirait qu'il s'affirme. Il a pris une part importante aux démarches qu'ils ont tous enclenchées pour l'aider à se défendre. Pourtant, cela fait des années que Zé râle contre tous ces changements, et jusqu'ici Menino ne réagissait pas. « Tant que je peux toujours marcher, profiter du soleil et voir ceux que j'aime, je ne manque de rien », disait-il. Mais quand on touche à l'un de ses amis, c'est autre chose… Sacré Menino.

Joséphine vient de regarder autour d'elle en espérant qu'il n'y ait personne, mais rien à faire : des gens passent, elle va devoir se lancer devant tout le monde. Les deux amis se mettent à chanter à tue-tête. Lui entame même une petite danse. Des passants sortent leur smartphone et commencent à filmer.

Ça a assez duré, il ne manquerait plus que leurs idioties attirent plus de touristes. « C'était ouvert depuis le début », lance Zé en riant. Mission accomplie : il a retrouvé son sourire. Tiens, et s'il renouait avec la coutume ? Il sort sur le palier pour les accueillir. Mais, alors qu'il s'apprête à se pencher par-dessus la rambarde de l'escalier, il se ravise de justesse. La rambarde a disparu.

29

Rosa observe le sourire de son fils à côté du sapin, ses mains papillonnent pour ouvrir les cadeaux. Le papier se froisse et laisse entrevoir des jouets qui deviendront bientôt ses meilleurs compagnons. Un avion, une petite dînette, une peluche toute douce quand il la passe sur sa joue.

Les parents de Rosa aussi ont le sourire. Ils ont eu du mal à se remettre de la séparation de leur fille et de son compagnon, mais l'amour pour Joaquim est parvenu à les réunir et à apaiser les tensions. Rosa est célibataire, c'est tout, il va falloir qu'ils s'y fassent. Un jour, peut-être, elle retrouvera quelqu'un, mais il devra accepter ce qu'elle est, et le temps qu'elle passe à lutter pour aider les autres.

Dans la chaleur de cette soirée, elle a une pensée pour ceux qui n'ont pas un vrai toit sur leur tête, ceux qui aiment leur ville plus que tout, qui en font l'âme et qui, bientôt, seront amenés à disparaître. Est-ce que ses actions y changeront un jour quelque chose, en profondeur ? Est-ce que Lisbonne redeviendra ce qu'elle était ?

Joaquim la sort de ses pensées en la tirant par le bras. *Joue avec moi, Maman, arrête de t'évader, juste un soir, juste une fois*, dit l'expression déterminée de son visage. Il tient de sa mère, celui-là ! Elle saisit l'avion, se lève et commence à le faire voler dans la pièce. Sur le trajet, elle évite les obstacles de justesse, monte, descend, puis fonce sur Joaquim qui rit aux éclats. Elle sera toujours là pour lui.

La soirée se passe dans la chaleur portugaise. L'oncle et la tante les ont rejoints, ils ont embrassé Rosa sur les deux joues avec vigueur comme ils le font depuis toujours. Ensemble, ils ont bu du bon vin, mangé un *bacalhau* préparé simplement par sa mère, et ils se sont gavés de gâteaux. Après avoir couché Joaquim, ils ont ouvert les cadeaux des grands, ont discuté un peu, et sont allés se coucher le cœur rempli d'une joie profonde, celle d'être ensemble.

Au petit matin, Rosa se réveille avant tout le monde. Elle prépare le café. D'abord, le moudre, ensuite, humer son odeur lorsqu'il émerge de la cafetière à l'ancienne et la laisser envahir toute la cuisine. Joaquim dort encore, il a veillé plus qu'à l'accoutumée. Elle cherche son téléphone pour voir si on a essayé de la joindre. Elle sait qu'elle ferait mieux de s'en abstenir, mais a priori, à Noël, on la laisse en paix. Pourtant, un message s'affiche. C'est Joséphine. Elle a hésité à la contacter, mais il se passe quelque chose de grave, Senhor Zé est à l'hôpital depuis hier soir pour des soucis cardiaques. Il s'est senti mal, le harcèlement a empiré ces derniers jours.

Rosa ferme doucement la porte de la cuisine et compose le numéro de son amie. Elle tâche de parler tout bas pour ne réveiller personne. Bien sûr, elle va venir, Joaquim restera avec ses grands-parents. Menino et

Joséphine sont paniqués, elle ne peut pas les laisser seuls face à cette situation, il faut qu'elle rassure Zé, qu'elle lui apporte des éléments concrets. Elle raccroche et écrit un mot à sa famille sur un bout de papier.

C'est souvent que Rosa s'échappe de cette façon, mais elle n'avait encore jamais fait ça à Noël. Tant pis pour ce qu'ils penseront, pour ce qu'ils diront. « Évidemment que Rosa ne trouve personne, elle n'a jamais le temps, elle est toujours occupée à essayer de changer le monde ! » Ils sont fiers d'elle et de sa détermination, ils l'ont toujours encouragée, mais au fond, elle le sait, ils s'inquiètent. Ont-ils raison ? Elle balaie cette question de ses pensées. Si elle commence à douter maintenant, elle n'aura plus l'énergie pour avancer. Aider les autres, inventer des solutions, c'est la seule chose qui compte. Ça, et son petit Joaquim.

Sur un autre papier, elle dessine un avion à l'intérieur duquel il y a Joaquim et Maman. « Je reviens vite, *meu querido.* »

Le café est prêt, elle en avale une tasse en quatrième vitesse et verse le reste dans le thermos. Sur la pointe des pieds, elle fait le moins de bruit possible en ouvrant les portes, s'habille et se dirige vers l'entrée. Alors qu'elle s'apprête à sortir, elle sent la présence de son fils. Il la regarde depuis l'autre bout du couloir. Elle s'approche de lui et le prend dans ses bras. « Maman doit partir faire quelque chose d'important. »

Joaquim la serre fort en retour. Dans cette étreinte, il y a comme une permission. Depuis qu'il est tout petit, Joaquim partage sa mère avec le reste du monde, il a l'habitude maintenant, et dans ses yeux elle lit une lueur de fierté.

30

Viviane est revenue le 27 décembre, dès qu'elle a appris que Senhor Zé s'était écroulé. Elle s'en veut de l'avoir laissé, elle aurait dû expliquer la situation à ses parents, les amoureux de Ménilmontant auraient compris. Mais ils ne sont pas éternels non plus... alors elle a fait le choix de partir. Pauvre Senhor Zé.

Lorsqu'elle arrive dans le hall de l'hôpital, elle voit Andréa sur une chaise, les mains sur le visage. C'est la première fois qu'elle le surprend ainsi, comme s'il avait rendu les armes, lui qui d'habitude s'agite de tous côtés. Rosa est debout et fait du surplace, le teint blafard. Joséphine et Menino sont assis l'un à côté de l'autre, les yeux fixés au sol ; elle a la tête posée sur son épaule à lui, ils sont mignons, ces petits jeunes, toute la vie devant eux, qu'est-ce qu'ils attendent pour s'embrasser, ça, elle se le demande bien. Linda fait les cent pas dans le couloir. Dans sa démarche, il y a quelque chose d'aérien, on dirait qu'elle est toujours en train de danser, même dans les moments difficiles. C'est agaçant parfois, mais Linda est une précieuse alliée pour continuer à faire vivre l'espoir en chacun.

Viviane fait le point avec Rosa. Senhor Zé a eu un choc émotionnel, mais il n'a pas été blessé pendant sa chute, le médecin est avec lui dans la chambre et va donner des nouvelles bientôt. Toute la petite bande a fait le pied de grue devant la mairie, mais pour l'instant ils n'ont réussi à voir personne. Rosa a passé des coups de fil à Raquel. Rien : elle tombe directement sur son répondeur. Ils ont tenté en vain de faire venir des journalistes – leurs contacts privilégiés sont en vacances, les autres n'ont eu que faire de leurs histoires.

« On tourne en rond, on tourne en rond, pendant que Senhor Zé est en train de faiblir ! »

Viviane observe Rosa et son visage creusé. Elle qui d'habitude affiche toujours un grand sourire a la mine triste. Rosa n'est pas rentrée chez elle cette nuit, ni la précédente, elle a préféré monter la garde à l'appartement de Zé. Elle voulait le surprendre, ce fameux type que le vieil homme aperçoit chaque fois, lui faire comprendre qu'ils sont nombreux, qu'ils ne se laisseront pas faire.

Viviane ne saisit pas ce que Rosa aurait pu faire, seule. Elle se tourne vers les autres, qui haussent les épaules sans rien dire. C'était une idée à elle, c'est sûr, ils n'ont pas pu l'empêcher d'y aller. Cette Portugaise fière, idéaliste, qui parvient toujours à rassembler tout le monde derrière elle, semble avoir perdu la confiance de ses troupes. Le désespoir les gagne. Et si rien ne pouvait être fait pour Senhor Zé ?

Rosa ne supporte pas ce silence chargé de sens. Elle se tourne vers Andréa, les joues empourprées. « Tu penses que, toi, tu ferais mieux que moi ? Tu veux toujours casser des gueules sans jamais être foutu de le faire ! Vas-y, si tu veux, dormir chez le vieux ! » Elle donne des coups dans le vent comme une boxeuse.

Linda passe à côté d'elle dans un mouvement gracieux qui contraste avec la maladresse et la fureur de son amie.

« Arrête de me regarder comme ça, Linda ! Tu fais quoi à part chialer pour ces gens, "créer du beau pour révéler le moche" ? Tu ferais mieux de te relever les manches et de te battre comme nous. »

Menino s'arme de courage. Dans un élan, il se lève et se dirige vers Rosa, il ouvre la bouche, mais elle le coupe avant qu'aucun son ait pu sortir. Elle pose la main sur son épaule, il se fige : « Toi, le gamin, me fais pas chier, c'est pas le moment. *O comodismo português*, j'en ai ma claque ! Tu te rends compte de ce que ton putain de caractère fait à notre pays ? "C'est pas grave, tant qu'on a le soleil et l'océan, on est bien, on s'accommode de tout." Mais à ce rythme-là on n'aura plus rien, Menino, réveille-toi ! »

Joséphine arrive à son tour. Ces derniers temps, Menino les a rejoints de plus en plus souvent, c'est sans doute ce qu'elle s'apprête à lui dire. Mais on ne peut plus arrêter Rosa, les mots sortent de sa bouche comme un flot de désespoir. Ses yeux deviennent aussi rouges que ses joues. Le ton de sa voix monte, les gens la regardent. Une infirmière s'avance vers elle pour essayer de la faire taire. Au moment où elle arrive, Rosa est en train d'appeler Joséphine « la sainte-nitouche », en français. L'insulte est sortie dans un dernier souffle de rage. Enfin, l'orage s'arrête.

Viviane a été épargnée, sans doute parce que, son amie le sait, elle n'aurait pas accepté ça. Elle s'approche d'elle et la prend dans ses bras. Rosa s'effondre sur son épaule et pleure comme elle ne s'est pas autorisée à le faire depuis des mois, depuis que son compagnon est parti et l'a laissée seule avec un enfant sur les bras, depuis qu'elle s'est promis qu'elle ferait tout pour lui, qu'elle ne faiblirait pas alors que son cœur et ses rêves de famille venaient de se briser.

Viviane l'entoure sans bouger. Menino s'approche et les serre toutes deux. Joséphine, Andréa, Linda les rejoignent. Ils n'en peuvent plus de fatigue non plus. Ils ont passé un Noël affreux, rongés par l'inquiétude, saisis par le désespoir. Tant d'amis autour d'eux déménagent soudainement, s'inquiètent de ce qu'ils vont devenir. Ceux qui voulaient fonder une famille retardent l'échéance, il leur faut retrouver une stabilité. Et maintenant, même les vieux partent à l'hôpital quand ils ne sont pas envoyés à l'autre bout de Lisbonne, là où rien ne les attend, où ils n'ont aucun repère et meurent de solitude.

Alors qu'ils sont tous agrippés les uns aux autres, ils entendent le grincement d'une porte, puis la voix de Zé. « Dites donc, les jeunes, vous m'avez déjà enterré ? Secouez-vous et remettez-vous, on va la gagner, cette bataille, oui ou non ? On ne va pas se laisser faire ! »

31

Menino et Joséphine ont passé la dernière journée de l'année et les précédentes avec Senhor Zé. Étant donné la période, ils n'ont pas encore pu lancer de nouvelles démarches. Alors, avec l'aide de Viviane, ils ont créé des panneaux qu'ils ont accrochés, l'un sur la façade de l'immeuble à destination des passants – « ICI, ON HARCÈLE UN VIEIL HOMME POUR DES HISTOIRES IMMOBILIÈRES » – et l'autre dans le hall d'entrée à l'intention des harceleurs – « LE SOIR DE NOËL, VOUS AVEZ ENVOYÉ UN PETIT VIEUX AUX URGENCES. MAIS IL N'A PAS DIT SON DERNIER MOT ». C'était une idée de Viviane.

Menino et Joséphine ont des doutes sur l'efficacité de la démarche, mais en tout cas cela a semblé rassurer Senhor Zé, et pour l'heure c'est déjà beaucoup. Ils ont même dormi quelques nuits chez lui, tous deux sur un matelas gonflable posé au sol dans le salon. Il leur a fallu bien se couvrir : entre l'humidité, les fenêtres fines et le manque d'isolation, il ne faisait pas chaud.

Heureusement, Menino avait son duvet de compétition qu'il utilise lors de ses escapades. Il l'a laissé à Joséphine, qui s'est endormie avec l'odeur de celui dont elle est en train de tomber amoureuse. Ça a réveillé chez elle un désir animal, mais elle est restée enfermée dans son sac bien sagement pendant que lui, probablement, ne ressentait rien. Son flot de paroles la berçait. Elle a découvert qu'il était bien plus bavard la nuit. Le duvet lui rappelait ses épopées à travers le Portugal et l'Europe. Comme cette fois où il avait parcouru mille trois cents kilomètres en deux jours avec sa petite voiture pour aller retrouver une amie dans la campagne française. En chemin, il avait planté sa tente au milieu de nulle part, avant d'être réveillé par un bruit de tracteur et de se rendre compte qu'il était dans le champ d'un paysan. Sacré Menino.

Ce soir, les deux amis ont laissé Senhor Zé en tête à tête avec Viviane. Lorsqu'ils l'ont croisée, elle était d'humeur joviale, probablement pour inciter l'ambiance à être à la fête. Hier elle s'est confiée à Joséphine, entre Françaises, sur l'envie qui la tiraille parfois de tout quitter.

Il y a peu, elle a réussi à convaincre les membres de son association de quartier de se lancer dans un procès contre la mairie, complice des agissements des investisseurs, à qui elle fournit des permis de démolition et de construction les yeux fermés. Ils visent précisément le grand bâtiment de luxe qui se prépare en face de chez eux et qui va leur boucher à tous la vue sur le Tage. Un ancien cinéma a été rasé pour ça, sans que cela semble gêner la municipalité. Malgré cette bonne nouvelle, elle se trouve encore seule parmi ses amis à lutter sur le terrain. Sans les membres de Tectos, elle aurait probablement déjà abandonné. L'indifférence et la résignation des autres la rendent malheureuse.

Lorsqu'elle songe à partir, elle n'a aucune idée de l'endroit où elle pourrait aller. Vers l'inconnu, à la recherche d'un nouveau havre de paix, un endroit où l'authenticité régnerait encore.

Menino et Joséphine sont en route pour une petite plage qu'ils affectionnent tous deux, au sud de Lisbonne. Ils ont convaincu Nuno de se joindre à la fête qu'ils organisent avec des amis. En prévision, un dîner autour d'un feu de bois, composé de grillades et de quelques salades, accompagné d'un peu de musique et de longues discussions. Nuno pilote sa moto, Menino et Joséphine le suivent.

Depuis deux semaines, il fait de la peine à voir. Il est revenu un soir en sueur, le visage blanc, l'air complètement perdu. Il est resté quelques jours au lit avec de la fièvre. Lorsqu'il est allé mieux, il n'est pas ressorti. Il ne mange presque pas et ne va plus travailler. Menino a essayé d'en savoir davantage, mais il n'a pu obtenir aucune explication. Certains jours, il a voulu le secouer, lui dire qu'il allait perdre tout ce qu'il avait bâti professionnellement, mais seule cette phrase s'est échappée de la bouche de Nuno : « Je me suis tellement menti… » Quelques amis ont toqué à sa porte, tous sont ressortis bredouilles. Celle qui n'est pas venue, c'est Fanny. Ses deux colocataires ont pensé que le problème était lié à elle, mais Menino n'a jamais vu son colocataire dans cet état pour une fille. Alors ils ont fait la seule chose en leur pouvoir pour l'aider : être présents.

Autour du feu, ça rigole, car Menino, en train d'essayer de faire cuire une brochette, vient de la faire tomber dans le feu. Sacré Menino, c'est le plus gourmand et le plus maladroit. Même Nuno a esquissé un sourire. Puis il est retourné à son observation des flammes, enfermé dans ses pensées.

Après quelques verres de moscatel, son péché mignon, Joséphine sent une chaleur envahir son corps. Le besoin de décompresser après les aventures de ces derniers jours l'emporte sur la possibilité de se laisser abattre. Elle se lève et commence à raconter des histoires de chez elle, dans le Toulouse de ses parents, mais aussi de sa grand-mère algérienne. Elle la mime en train de prendre soin de sa petite-fille, avec ses travers attendrissants. Menino éclate de rire, les autres le suivent. Ils ne l'ont jamais vue comme ça, la petite Française. Elle-même se surprend à surmonter ainsi sa timidité.

Au milieu des rires, une question émerge : « En parlant de vieux, comment va votre Senhor Zé ? »

Cette fois, c'est Menino qui endosse le rôle de conteur, le visage et les mains éclairés par la douce lumière du feu. Le silence se fait autour de lui. Au fil des mots, Joséphine observe les bouches ébahies et les sourcils qui se froncent. Même Nuno écoute attentivement. Dans son regard vient de naître une lueur d'admiration pour Menino. Mais le poids de ses maux semble être devenu encore plus lourd. Jusqu'à ce soir, ils n'avaient jamais parlé des problèmes de Zé tous les deux, malgré les encouragements de Joséphine. Ici tout le monde sait qu'il travaille dans l'immobilier, mais personne n'ose la question qui pourtant occupe tous les esprits : « Et toi, Nuno, tu étais au courant que ça existait ? »

Après le repas, Joséphine s'en va marcher seule au bord de l'eau. Elle ferme bien haut son épais blouson bleu et noue son écharpe pour que le vent ne s'engouffre pas dans son cou. L'océan exerce sur elle une fascination. Elle se sent si bien au Portugal. Son travail est utile. Ça n'est plus seulement dans la théorie, le nez plongé dans les livres, qu'elle essaie de rendre le monde un peu meilleur, c'est dans le quotidien des gens, et cela fait toute la différence.

Menino la rejoint en silence. Elle sent son cœur battre. Emmitouflée dans son manteau, elle se tourne vers lui : « On n'a presque pas froid, hein ?

— C'est normal, *fofa*, on a le cœur rempli de rêves et de gens qu'on aime, ça réchauffe ! »

C'est peut-être maintenant. Le moment d'oser. Un baiser volé.

Mais toute la bande accourt.

« 10… 9… 8… 7… 6… 5… 4… 3… 2… 1… Bonne année !!!

— Bonne année, *fofa*, je te promets qu'on la fera belle ensemble. »

32

Il fait déjà nuit lorsque Menino arrive à Cais do Sodré, un quartier de Lisbonne qui n'était pas très fréquentable il y a quelques années encore. C'était plutôt le repaire des fêtards et des junkies, au bord du Tage, au milieu des bâtiments industriels. Maintenant, c'est devenu le coin *hype*, à la mode, envahi par les expatriés. Lui, il n'y va pas plus qu'avant. D'habitude il le traverse à vélo plus vite que le vent, lorsqu'il fait ses petites randonnées jusqu'à Belém. Mais ce soir il va découvrir l'un des endroits les plus prisés du coin, que son entreprise a privatisé pour la grande réunion de janvier.

Déco industrielle mêlée de plantes vertes, grandes vitres qui s'étendent d'un bout à l'autre du mur donnant sur la rue, ampoules dénudées qui tombent du plafond au bout de longs fils électriques noirs… il n'aime pas les lieux branchés. Ce qui lui saute aux yeux lorsqu'il pénètre dans le bar, ce sont ces dizaines de rangées de chaises au dos desquelles est écrit : « ICI EST ASSIS UN GUERRIER ». Il pouffe de rire. Quelle niaiserie ! Ils pensent vraiment les motiver comme ça ? Si encore ils avaient inscrit : « MERCI À SUPERMAN ET

WONDERWOMAN DE BIEN VOULOIR PRENDRE PLACE ». Il sent que ses collègues femmes vont être doublement contentes !

La salle est déjà bien remplie, tout le monde est au bar en train de profiter d'une bonne bière artisanale. En chemin, il remarque les petits paquets de *pastéis* de Belém qui sont posés sur chaque siège. Là, ils savent comment lui parler ! La salive lui vient en bouche. Il aperçoit Maria au loin et prend la direction opposée. Il retrouve Catarina, qui est en train de discuter avec d'autres collègues. Ils parlent de logement, il l'aurait parié ! C'était soit ça, soit les heures supplémentaires qui n'en finissent pas. Ah, tiens, le sujet vient aussi. Forcément, maintenant qu'ils habitent loin, les horaires qui s'étirent sont de plus en plus difficiles à vivre.

Menino n'a pas envie d'entendre ça. Il veut s'évader, rêver. Il pose ses lèvres sur le goulot de la bière qu'un serveur lui a tendue. Mmmmh, ce petit goût caramélisé. C'est frais. Au milieu de l'hiver, sentir les fines bulles froides s'engouffrer dans sa bouche et traverser tout son corps lui fait penser à la mer. Et à ses vacances d'été. Cette année, il va peut-être encore devoir faire une croix dessus. Pas d'argent, pas de vacances. À moins qu'il ne parte avec sa tente et son vélo, sur les routes du Portugal ? Il pourrait demander à Joséphine, pour sûr, ça lui plairait. Mais elle sera peut-être déjà repartie. Dommage, tous ceux qu'il aime s'en vont. C'est l'inconvénient de fréquenter des étrangers, des gens qui lui font découvrir d'autres horizons, d'autres manières d'être. Tant pis, il ira seul. Il dormira au milieu des bois, comme un héros de roman d'aventures, un explorateur. Il entendra des bruits d'animaux la nuit, aura son petit Opinel près de lui, en cas d'attaque. La journée, il sentira le vent frais sur son visage, il parcourra des kilomètres à la recherche de plages inconnues. Il sera Robinson, mais consommera plutôt des sandwichs pour se nourrir. Peut-être qu'elle lui manquera, Joséphine. Enfin, c'est encore loin…

Tout à coup, sa rêverie ainsi que le bruit de fond de ses collègues sont interrompus par la musique du film *Rocky*, *Eye of the Tiger*. Menino pouffe à nouveau et se met à se trémousser. La petite bande en face de lui éclate de rire. Dans son champ de vision, il vient de capter Maria, qui a aussi esquissé un sourire. Elle n'est peut-être pas si coincée, au fond.

Une voix résonne dans un microphone. C'est le *big boss*, celui qui est au-dessus de celui qui est au-dessus de Maria. Juste à côté de lui, il y a le *big big boss*, celui qu'on ne voit qu'une fois par an, lorsqu'il prend l'avion depuis la Chine pour leur rendre visite. La voix s'exprime avec l'enthousiasme débordant d'un spectacle de cirque et le suspense d'un match de boxe. Elle les invite à aller s'installer pour assister à la réunion annuelle. On y parlera de chiffres qui ont été très bons, des guerriers qui ont permis de les atteindre, des objectifs incroyablement incroyables à viser l'année prochaine, et du héros de la soirée. C'est nouveau, ce genre de grand-messe *corporate* pour les Portugais, ça n'est pas dans leurs habitudes de faire autant de chichis.

Chacun prend place et pose soigneusement le petit paquet de *pastéis* sous son siège, sauf Menino qui le garde sur ses genoux pour en humer l'odeur. Juste humer, il attendra la fin pour l'ouvrir, évidemment.

C'est le *big big boss* qui prend la parole en premier. L'entreprise est *très* fière des résultats du Portugal en 2018. La croissance a été *très* bonne. Ces dernières années, le pays a fait figure d'outsider surprise. Il faut continuer en ce sens. Menino ouvre l'emballage, juste pour sentir un peu mieux. Si la croissance est si bonne, pourquoi est-il si mal payé ? Si le pays va si bien, pourquoi Senhor Zé risque-t-il d'être à la rue ? Puis c'est au tour du *big boss*, celui au-dessus de celui au-dessus de Maria. C'est vrai, le Portugal est en pleine ascension et, il ne faut pas l'oublier, c'est grâce aux hommes et aux femmes qui œuvrent pour sortir le pays de la crise, c'est grâce à leur détermination, à leur sens de l'engagement, au cœur qu'ils mettent à l'ouvrage, au… Voilà, c'est déjà pas mal.

Menino vient d'enfourner un *pastel* dans sa bouche. Ça n'a pas le mérite de lui boucher les oreilles pour éviter d'entendre ce genre d'âneries, mais au moins ça l'occupe. Évidemment que tout ça, c'est grâce à eux. Ça devrait faire du bien à entendre. Mais ce qui ferait encore plus de bien, ce serait d'avoir l'esprit tranquille par rapport à son vieil ami, de pouvoir partir en vacances, de revoir ses copains en Suède, en République tchèque, en France, au Royaume-Uni… *You see, big boss ?* Non, il n'a pas l'air de comprendre.

Menino marmonne en même temps qu'il mâchouille. Son voisin de droite lui fait signe qu'il est un peu bruyant. Ah, pardon, il ne s'en était pas rendu compte. Et puis, un à un, il voit ses collègues défiler, se rendre sur le podium, recevoir une médaille et poser pour la photo avec les *big boss*. C'est Maria qui tient le micro et appelle tout ce petit monde à venir festoyer. Ils sont remerciés pour leurs exploits. Ils y passent tous les uns après les autres. Visiblement, on l'a oublié, Menino est soulagé. Il s'enfonce dans son siège en même temps qu'il enfourne un deuxième *pastel* (à moins que ça ne soit le troisième ?). Stupide défilé. Si seulement on lui donnait un petit chèque... Maria, justement, en tient un entre les mains. Un grand chèque bien large qui porte le nom d'une agence de voyages aux Açores. Mais qu'est-ce qu'elle a à le fixer comme ça du regard ?

Son voisin de gauche lui file un coup de coude. « C'est à toi ! »

Le héros de la soirée, celui qui a généré le plus de chiffre d'affaires grâce à ses audits, c'est lui ! Maria le fait poser pour la photo, puis l'invite à prendre la parole.

Menino n'a pas eu le temps de finir son *pastel*, il l'avale dans une déglutition qu'on entend au micro. Il reconnaît le rire de ses collègues et cela lui donne de l'entrain. Il se sent un peu grisé. Un excès de pâtisseries sans doute. À moins que ça ne soit ce flot de paroles et de musique qui n'en finit pas. Son silence fait sourire ceux qui le connaissent, c'est Menino tout craché, intimidé et clownesque.

Il hausse les épaules. « Ben, je sais pas moi, je me disais que tout simplement... On pourrait être mieux payés, non, qu'est-ce que vous en pensez ? »

Le souffle coupé des *big boss* résonne dans toute la pièce, puis une salve d'applaudissements se déclenche dans le public. Un air joyeux se dessine sur le visage de Menino. Il ne sait pas vraiment ce qui lui a pris. Personne non plus, mais tout le monde est d'accord avec lui. Tout le monde sauf Maria. Depuis le milieu de la scène, il se tourne vers elle. Finalement, elle n'a pas tant que ça le sens de l'humour. Elle le fusille du regard et affiche un rictus crispé qui, de très loin, pourrait ressembler à un sourire. Les *big boss* font un signe empressé à la régie pour que la musique reparte à fond les ballons, puis ils s'approchent de Maria et lui murmurent à l'oreille : « Il est viré. » Ils laissent passer un temps, se regardent, hochent la tête et ajoutent : « Vous aussi d'ailleurs. »

Lorsque Menino comprend ce qui est en train de lui arriver, *Black or White* résonne dans ses oreilles. Il lance un cri au micro, puis fait une sortie spectaculaire avec la démarche arrière de Michael Jackson. Nouveau tonnerre d'applaudissements. Les employés se lèvent pour danser. Menino arrive au bout de la scène, s'apprête à en descendre les marches, puis il fait demi-tour, prend le chèque des mains de Maria et balance : « *Adios tudos !* »

33

Une main vient de frapper à la porte. Rosa est allée ouvrir, le sourire aux lèvres. Elle sait déjà qui elle s'apprête à accueillir à cette heure tardive.

Cette main, c'est celle qu'on lui a tendue le soir où Senhor Zé était à l'hôpital. Jusqu'ici, tout le monde pensait Rosa infaillible. Nul besoin de la protéger, nul besoin de l'aider, elle était la Mère Teresa de tous. Mais cet instant fragile où elle a craqué leur a rappelé qu'elle était simplement humaine. Quelqu'un en a profité pour faire sa déclaration. Des mois de regards cachés, d'admiration débordante, de désir inavoué se sont libérés en une soirée. Rosa les a accueillis. Avec étonnement, avec ouverture, avec plaisir. Elle retrouve enfin l'affection qu'elle avait perdue au départ du papa de Joaquim, elle découvre aussi quelque chose qu'elle n'a encore jamais connu, c'est doux, sensuel, passionné. Pouvoir partager le même combat, ne pas se faire reprocher le temps qu'elle offre aux autres, s'indigner et espérer ensemble, mais différemment, c'est si précieux.

Voilà deux mois maintenant qu'Andréa rend visite en secret à Rosa presque tous les soirs. Aucun d'eux ne sait où cela les mènera, mais ils profitent de chaque instant.

À l'autre bout de la ville, dans le Bairro Alto, Fanny n'a plus de nouvelles de Nuno depuis des semaines.

Ce jour-là, quand il s'est enfui alors qu'elle venait de se mettre en danger, il lui a fallu beaucoup de courage pour ne pas sombrer. D'abord, garder la face devant ses amis, travestir la vérité. Puis réapprendre à ne compter que sur elle-même.

Elle a tenté de l'appeler, mais la sonnerie ne s'est jamais arrêtée, elle n'est même pas tombée sur un répondeur. Elle n'a plus entendu sa voix depuis ce jour-là. Son visage effrayé quand il a prononcé ces derniers mots lui a donné le sentiment qu'il s'adressait à quelqu'un d'autre : « Va-t'en ! Va-t'en, je ne veux plus te voir, tu me hantes, tu m'obsèdes, je ne veux plus t'aimer. » Et ce « Désolé » qui avait l'air sincère, mais prévisible et lâche…

Pourtant, malgré tout cela, elle espère encore qu'il reviendra. Qu'il aura des fleurs à lui offrir et des escapades surprises à lui faire vivre, pour se faire pardonner. Qu'il se mettra à genoux et qu'il emménagera chez elle. Ou ailleurs : peut-être qu'il vaudrait mieux qu'ils choisissent quelque chose à deux. Mais… pourquoi continuer à espérer ?

Il n'est même plus revenu travailler. Elle a dû trouver quelqu'un pour le remplacer. Il est bon, lui aussi. Mais ça n'est pas Nuno, avec sa présence rassurante, sa façon de défier le quotidien et les gens, sa peau hâlée et douce.

Pierre n'a pas fait grand cas de ce changement. Leur relation est devenue plus privilégiée, la confiance s'est renforcée. Elle a donné son interview. Un peu de maquillage pour cacher les cernes et la tristesse, un sourire forcé, quelques belles paroles et hop, sa notoriété a grimpé. Elle a tout ce qu'elle désirait, mais il lui manque celui avec lequel elle voulait partager cela. On ne l'y reprendra plus. Elle a faibli une fois, s'est laissée aller à aimer, mais au fond tout n'a été qu'illusion.

Fanny enfile son long manteau de laine et ses baskets et décide d'aller faire un tour. Marcher lui fera du bien. Elle avance, la tête droite et le pas déterminé, tourne au coin d'une petite rue et s'arrête net. En face d'elle, la femme au grand sac Ikea bleu, celle qu'elle avait croisée ce jour où Nuno s'est enfui, se tient sur le pas d'une porte. Elles se fixent. Fanny s'avance, l'autre attend. « Je me souviens de vous, je vous ai vue en décembre, vous aviez l'air de connaître Nuno. »

Une larme coule sur le visage ridé, comme la première fois. « Alors c'était bien mon fils. »

Fanny s'assoit, interdite. La femme s'affaisse, en pleurs. Puis, d'un revers de main, elle s'essuie les yeux, le nez, et retrouve sa dignité. Toutes deux s'adossent à la porte en regardant la rue, muettes.

Jusqu'à ce que la maman de Nuno ouvre la bouche et déballe tout. Le taudis dans lequel ils vivaient, son mari bon à rien qui buvait et criait tout le temps, le dégoût de Nuno pour son environnement, son incapacité à sourire les premières années de sa vie. Puis l'arrivée de son petit frère, sa lumière, son bonheur, celui qui l'a sauvé du mutisme dans lequel il s'était enfermé. Et l'accident. Après cela, rien n'a plus jamais été pareil. À ses seize ans, Nuno s'est enfui de la maison. Sa mère a quitté son père et a continué de vivre, non pas parce qu'elle en avait envie, mais au cas où son fils aîné aurait un jour besoin d'elle.

« Je crois que ce jour est venu », lui répond Fanny en lui prenant la main.

Cette dame qui lui rappelle sa nounou a la même peau rugueuse. Ses traits sont ceux de celle qui a tout enduré, mais qui est prête à pardonner pour partager un peu d'amour. Patiemment, Fanny la laisse finir, puis prend la parole à son tour et lui parle de son fils. Elle ne dit pas leur relation, mais dans sa voix transparaît son admiration.

Dans sa tête, tout s'agite. Elle a aimé un homme dont elle ignorait l'histoire. Il est vrai qu'elle n'a jamais posé beaucoup de questions. Il n'avait plus de famille, c'était ainsi. Un stupide accident de voiture, comme pour les parents de Pierre. Mais le voilà maintenant chargé d'un lourd passé, trop lourd à porter pour n'importe quel être.

Il est tard et la femme doit rentrer chez elle, loin d'ici. Elles échangent leurs coordonnées et Fanny prend le chemin du retour. Mais à mi-trajet elle se ravise. Direction Graça, chez Nuno. Il faut qu'elle lui parle. Pour lui, pour elle, pour ce qu'ils ont vécu. Même si, elle vient de le comprendre, leur histoire est finie. Il ne peut pas être prêt.

34

Lorsque la sonnette de l'interphone résonne dans le petit appartement, Menino regarde sa montre : 23 heures. Il se tourne vers Joséphine : « Tu attends quelqu'un ? »

Ces derniers temps, aucun d'eux n'est pressé d'aller se coucher, ils font durer les soirées d'hiver emmitouflés dans des couvertures, dans la cuisine ou sur le lit de Joséphine. Depuis qu'il a perdu son travail, Menino se fiche de l'heure qu'il peut bien être.

Le soir où il est rentré chez lui, mi-exalté, mi-penaud, après sa sortie à la Michael Jackson, il s'est senti comme un super-héros dans les yeux de sa colocataire, et ça n'était pas pour lui déplaire. Il ne lui manquait que la cape. Depuis lors, il cherche à droite à gauche des offres d'emploi, y répond assez régulièrement, mais sans grand enthousiasme. Sans doute parce qu'il aspire à quelque chose de plus excitant. Il aimerait faire le grand saut vers ses rêves. Mais quels sont-ils ?

« Non, je n'attends personne… », lui répond Joséphine.

Menino s'approche de l'interphone. La voix est française – soit c'est un touriste qui s'est trompé, soit c'est pour Nuno. Fanny s'annonce. Lorsqu'elle entre, il voit un peu d'étonnement, peut-être du mépris dans ses yeux. C'est sans doute trop petit et vieillot pour elle ici. Visiblement, Nuno ne lui avait pas parlé de l'endroit où il vit. Joséphine l'informe qu'il n'est pas là. C'est assez rare ces temps-ci, mais il est sorti. Elle peut l'attendre, il ne devrait pas tarder.

L'occasion de découvrir un des univers de Nuno est trop belle pour la laisser passer, alors Menino demande : « *Queres um chá ?*

— Oui, un thé vert, merci. »

Ils s'assoient à la cuisine sur des chaises un peu dures, autour de la table en bois, jolie et rustique, que Nuno a trouvée au coin d'une rue. Fanny ne connaît probablement pas sa manie de tout récupérer sur les trottoirs. Elle n'a jamais mis les pieds ici, ni dans leur chez-eux d'avant où ils étaient si bien. Menino ne sait pas trop si c'est un manque d'intérêt de sa part, ou une barrière que Nuno a encore érigée pour cloisonner ses différents mondes. C'est la face cachée de son ami, celle qu'il ne questionne pas. Fanny a l'air bouleversée, alors il ne va pas trop la taquiner. Pour une première rencontre, ce serait malvenu. Il regarde le fond de sa tasse de thé et laisse les deux Françaises discuter, en anglais pour lui.

Quelque chose se joue entre elles. Joséphine tâtonne. Menino la connaît : elle cherche à s'engouffrer dans une brèche que pour l'instant elle ne trouve pas. Avec Nuno déjà, elle aime parler des sujets qui fâchent. Comme elle ne la décèle pas, parce que Fanny a l'air bien trop maligne pour se laisser avoir, elle finit par y aller franchement : « Tu connais la Rua dos Remédios ? »

Évidemment, Fanny la connaît. Apparemment, elle n'aime pas la tournure que prend la conversation. Dans cette rue, il n'existe plus que quelques habitations de Portugais, toutes les autres sont devenues touristiques, et vides une partie de l'année.

« Eh bien, dans cette rue, il y a un vieil ami à nous… »

Joséphine se lance. Comme Menino le soir du réveillon, elle révèle ses talents de conteuse. Au début, Fanny semble chercher une échappatoire, mais très vite elle se fait happer par l'histoire, le souffle coupé. Dans un murmure à peine audible, comme si elle le disait juste pour elle-même, elle lâche : « C'est un immeuble de Pierre. »

Menino commence à suivre la discussion comme s'il était au cinéma, il ne lui manque qu'un peu de pop-corn. Joséphine termine sa démonstration, son interlocutrice se décompose.

Elle ne savait pas. Le harcèlement immobilier, elle n'en avait même pas entendu parler, ça se voit. Elle est choquée, c'est une bonne nouvelle ! Menino se lève, ouvre un placard, en sort une boîte de biscuits, en enfourne un dans sa bouche et s'écrie : « J'ai une idée ! »

C'est ce moment-là que Nuno choisit pour faire son entrée. Fanny ne lui laisse même pas le temps d'être étonné.

« Tu étais au courant, pour le harcèlement immobilier ? Tu savais que Pierre nous amadouait et qu'il s'adonnait à ce genre de pratiques ?

— …

— Tu savais, Nuno ? »

Sa voix est montée d'un cran. Menino n'aime pas trop. Ça pourrait mal tourner. Alors il dit : « Réponds-lui, Nuno. »

C'est la première fois qu'il se permet de donner un ordre à son ami, qui autrefois lui paraissait si indomptable.

« Je ne savais pas. Mais je me doutais qu'il se passait quelque chose. Quand Pierre a vu que les remontées de terrain sur les immeubles vacants étaient bonnes, il a commencé à demander des informations sur ceux qui étaient encore habités. Pas longtemps après, les appartements se retrouvaient vides et sur le marché. On ignorait comment ça pouvait aller si vite, mais on ne cherchait pas à savoir… Qu'est-ce que tu crois, Fanny, toi aussi tu fermais les yeux. Même si tu n'avais pas tous les détails, tu ne t'es jamais posé de questions… »

Silence dans la pièce.

« Quelqu'un veut un petit gâteau ?

— J'ai discuté avec ta mère ce soir. »

Menino ouvre de grands yeux. Il regarde Joséphine. Elle hausse les épaules. La soirée leur échappe. C'est coup de théâtre sur coup de théâtre.

« Mais Nuno n'a pas de mère ! »

Menino a l'art de formuler ce qui est évident.

« Eh bien, si. »

Fanny s'est adoucie.

Nuno s'est assis. Le silence est revenu. De grosses larmes coulent sur ses joues. Personne ne l'avait jamais vu pleurer.

« Je me suis tellement menti. Je ne voulais plus de cette vie, je ne voulais plus de ce monde. Vous ne savez pas la honte que c'est d'être né dans la misère, le dégoût que ça provoque. Et les cauchemars qui vous poursuivent. »

Il laisse passer un temps. « J'avais un petit frère. C'était la lumière de ma vie. Je l'ai perdu parce que j'ai manqué d'attention.

— Parce que ton père a manqué d'attention.

— J'aurais pu le sauver.

— Ça n'était pas ton rôle, Nuno. Ta mère t'attend, quand tu seras prêt à la voir. Elle veut te retrouver. »

Menino enfourne encore un biscuit. On croit connaître les gens et puis, finalement, on passe à côté de l'essentiel. Lui qui était persuadé que la face cachée de Nuno, c'était cette fille. Que ses yeux fermés sur ce qu'il faisait à la ville, c'était à cause d'elle.

« Je ne veux pas, jamais, retourner à cette pauvreté. »

Personne n'ose dire un mot. C'est Nuno qui finit par briser le silence. « Mais je ne peux pas continuer à faire semblant. Cet homme, votre Senhor Zé, il ne mérite pas de souffrir.

— Et il n'est pas le seul, ils sont si nombreux, Nuno. »

Il faut toujours que Joséphine en rajoute une couche.

Menino n'a plus seulement une idée, il en a dix en même temps, et il est persuadé que c'est la même chose pour Joséphine. Mais ça n'est plus le moment. Alors il fait la seule chose qu'il y a à faire. Il ouvre le placard, en sort quatre petits verres qu'il pose sur la table, s'en va vers le frigo, saisit une bouteille et annonce : « Moscatel. »

35

Zé, allongé dans son lit, regarde le plafond avec ses boules Quies dans les oreilles. Ce beau ciel d'avril aurait pu lui donner de l'entrain, mais le réveil à l'aube avec le bruit des machines lui a sapé le peu d'énergie qu'il avait.

Soudain, une grande vibration plus forte qu'à l'accoutumée l'ébranle. Puis le silence se fait. Et maintenant, la voix des ouvriers arrive jusqu'à lui, elle lui semble toute proche. Il soulève la tête et voit à terre le visage de l'un d'entre eux.

« *Desculpe, Senhor, desculpe.* »

Zé retire la cire de ses oreilles et tente d'y voir clair. Ils ont fait un trou dans son plancher ! L'homme donne des explications, mais Zé n'entend pas, il entre dans une rage folle. Une force monte en lui, qu'il ne se connaissait pas, alors qu'il est si faible en ce moment. Il s'approche de l'homme, lui lâche : « Je vais t'apprendre à respecter les vieux », et lui décoche un grand coup de pied.

L'homme disparaît par le trou, on l'entend glisser le long de l'échelle. Mais Zé aussi tombe à la renverse, toute son énergie est partie dans ce geste incontrôlable.

Son corps frappe lourdement le plancher, puis il sent la douleur résonner de la tête aux pieds. La chute a dû lui briser des os, il ne parvient plus à se relever. Allongé sur le sol, il regarde à nouveau le plafond. C'est la première fois qu'il frappe quelqu'un. Comment en est-il arrivé là ?

Sa tête tourne, son cœur s'emballe, ses forces le quittent. Tiens, et s'il s'en allait ? Les choses seraient bien plus simples. Peut-être qu'il en devient con à force de se battre. Après tout, à quoi sert-il qu'il reste encore de ce monde ? Les gamins de la philo s'en sortiront bien sans lui, de toute façon ça fait longtemps qu'il n'a pas grillé de saucisses au barbecue pour eux. Il ne veut pas les plomber avec son moral en berne. La belle Viviane s'en remettra, c'est une femme forte, elle en a vu d'autres. Le seul qui pourrait avoir besoin de lui, c'est Menino, le fils qu'il n'a jamais eu. Mais il devient un homme ces derniers temps. Zé ferme les yeux.

Le bruit des machines a repris. Un jeune homme s'approche de lui : « Alors, Zé, qu'est-ce que tu fous ? Encore à rêver et à regarder le ciel ! C'est la fin de la pause déjeuner, on reprend, sinon on va se faire allumer ! »

Zé se lève d'un bond. Son corps est léger, il saute et fait de grandes enjambées dans sa salopette bleue. Son ami le suit en riant. Ils pénètrent dans le bâtiment, puis ils s'arrêtent tous deux à leur poste. Zé travaille le métal comme il sait le faire, avec précision et attention. Mais, de temps en temps, il jette un œil vers la porte ouverte d'une petite pièce. C'est l'atelier de dessin industriel. Quand il débauche, il aime y passer une tête. C'est là qu'il a découvert ce qu'était un crayon et comment le manier. Ils lui en ont même offert un, avec un grand carnet à spirale. Chaque fois qu'il pénètre ici, il admire le trait de ses collègues et reçoit des conseils.

Son ami l'attend à la sortie pour se rendre au café, où on lui a appris à jouer aux échecs et à parler de liberté. Ils ne sont pas si nombreux à faire ça, les gens ont peur de la répression. Il faudrait que personne ne connaisse la dictature.

« Restez avec nous… » La voix résonne comme un écho lointain.

Zé tourne le bouton de la radio. Au volant de sa vieille décapotable, il préfère le silence de la route. La semaine a été fructueuse, son patron sera content ! En ce moment, ce que les petites échoppes lui achètent le plus, ce sont les articles de pêche.

Avant d'emprunter la direction de l'auberge du soir, il décide d'aller prendre un grand bol d'air en haut de la falaise. Sur la Costa Vicentina, les endroits sauvages ne manquent pas. Il aime se retrouver là-haut, au sommet du monde, où la nature déploie toute sa beauté, où la brume du soir gomme les frontières entre la côte et l'océan, où le vent lui fouette le visage et lui rappelle qu'il n'est qu'un homme, et qu'il faut vivre, simplement.

Après avoir garé sa voiture, il se fraie un passage au milieu de la végétation foisonnante. Le sable s'introduit à l'intérieur de ses chaussures, mais il attend d'être au bord de la falaise pour les enlever. Puis il s'assoit, se roule une cigarette et sort son grand carnet. Ça n'est plus celui qu'on lui avait donné il y a bien longtemps à l'usine, mais l'habitude est restée. Ce paysage, il essaie chaque jour d'en restituer la beauté, mais, il le sait, il n'y parviendra jamais. La nature est plus grande artiste que lui.

« Senhor Zé, vous m'entendez ? » La voix de Menino est chevrotante.

Zé hoche la tête : « Bien sûr que je t'entends, gamin, pas la peine de chouiner. »

Menino est en train de dessiner sur son grand cahier. Il est doué, le petit, bien plus que lui, ce serait bien qu'un jour il en fasse quelque chose. « Le bonheur que cela m'apporte, cela me suffit, Senhor Zé, je n'ai pas besoin de plus. » Il n'a pas tort. Lui non plus n'a pas cherché plus que ça, mais il aurait aimé tout de même être encouragé, comme avec ses anciens camarades de l'usine. Tant pis, aujourd'hui au moins il peut transmettre un peu de ce qu'il sait. Sur le dessin et sur la vie.

« Viens, mon grand, je vais te montrer une chose, maintenant que la nuit est tombée. »

Menino prend son cahier sous le bras et suit son ami. Ils se dirigent vers le Tage. Quelques touristes passent à côté d'eux avec leurs engins à roulettes. Bientôt, plus personne ne marchera ici. Dans la Mouraria, ils viennent même de construire un escalier roulant, prétendument pour que ça serve aussi aux habitants du coin. Mais les Portugais sont vaillants, et quel que soit leur âge ils n'ont pas besoin de ça ! Zé et Menino parviennent à la rive. La nuit est magnifique. Au-dessus du fleuve, la lune trône, orange et grande. C'est l'une des magies de Lisbonne.

« Pour apprendre à bien dessiner, il faut d'abord apprendre à bien observer. Tu sais pourquoi elle est si grosse quand elle se lève sur le fleuve ? »

Menino fait non de la tête. Zé s'apprête à répondre, mais une grande fatigue l'envahit.

« Senhor Zé, ne nous laissez pas tomber. Senhor Zé, vous m'entendez ? Vous avez encore tant de choses à nous apprendre… »

36

Joséphine a mis ses travaux de thèse de côté pour la matinée et s'en est allée prendre le tram 28 alors que la nuit était encore noire. Par respect pour la population locale, elle n'est encore jamais montée à bord, car il est toujours bondé d'étrangers. Ce vieil engin de la fin du XIXe, à l'unique wagon jaune vif, fait rêver tant de monde. À ses côtés, sur des sièges en bois recouverts d'un cuir vieilli, sont assis quelques travailleurs. Point de touristes avant l'aurore.

Au travers des vitres embuées parcourues de grosses gouttes, elle observe les plus belles ruelles de Lisbonne sous l'éclairage des réverbères. Dehors l'orage gronde, et le conducteur peine à voir la route par-delà son grand pare-brise, balayé par un minuscule essuie-glace. Un feu passe au rouge, et le voilà qui descend du tram. Joséphine regarde autour d'elle et s'interroge sur la fuite de leur chauffeur. Sous une pluie battante, elle l'observe se pencher sur les rails, modifier l'aiguillage. L'agent remonte, le feu passe au vert, et les voilà qui tournent à gauche. Quelle aventure !

Le tableau de bord la fascine. Elle comprend pourquoi tant d'étrangers veulent embarquer dans cette machine du passé. Pourtant, elle s'interroge. Pourquoi ne voient-ils pas que l'authenticité de Lisbonne s'érode, que sa mémoire et son identité sont mises à mal, eux qui pourtant viennent précisément en quête de celles-ci ?

Le jour s'est levé, la foudre et les gouttes ont cessé. Joséphine marche dans la bise fraîche du mois de mai sans savoir où ses pas la mènent. Elle a pris l'habitude de réfléchir ainsi. C'est aussi l'occasion pour elle de continuer à découvrir sa ville de cœur.

Elle avance à l'opposé du centre depuis une petite heure et arrive dans un quartier un peu bourgeois, qui pour l'instant a été épargné. Les bons restaurants qui ne pouvaient plus payer leur loyer dans le vieux Lisbonne se sont installés ici. Les petites échoppes survivent. Un café attire son attention, dans lequel les gens défilent. Ils sont tous portugais. Il est 8 heures, ils viennent prendre une petite pâtisserie et un café avant d'aller travailler. Certains sont en groupe, d'autres seuls.

Elle entre, commande un chocolat et les écoute parler, de tout, de rien. Elle aime tant cette atmosphère. Elle voudrait être née ici. Le 25 avril, elle a défilé avec ses amis dans les rues pour célébrer la fin de la dictature dans les années 1970. Dans cette ambiance de fête et de paix, elle s'est sentie portugaise. Elle a l'impression d'appartenir à ce pays et envie la place que Viviane s'y est faite. Souvent, elle observe ses faits et gestes et l'écoute attentivement lorsqu'elle raconte ses premières années ici. « Aujourd'hui, tout cela ne serait plus possible », dit l'aînée, mais Joséphine continue d'y croire et s'accroche à ce modèle. Elle aussi doit pouvoir arriver à trouver sa place ici sans nuire aux Lisboètes. Peut-être est-ce déjà ce qu'elle est en train de faire ?

Après avoir quitté le bistrot, elle observe les nombreux Portugais qui arpentent les rues. Un couple de vieux assis sur un banc lui adressent un large sourire. Ils ont réussi à lui en décrocher un aussi. « *Olá menina, estás boa ?* » demande l'homme.

Non, ça ne va pas trop, mais elle tente de ne pas le montrer.

« Ça va aller, ma petite. Tant qu'on n'est pas mort, tout peut s'arranger », répond la femme face à son silence.

Voilà ce qu'elle apprend d'eux, à profiter d'être encore là.

Elle passe à côté d'une église et s'assoit sur les marches. Au-dessus de la grande avenue, le ciel mêle gris et bleu dans une lumière mystérieuse. Senhor Zé est à l'hôpital depuis un mois maintenant. Sa chute lui a brisé des os et a affaibli son cœur. Il marche très peu, passe ses journées allongé sur son lit et ne regarde même plus par la fenêtre. Il est là sans être présent. Parfois ses amis le trouvent dans des rêveries. À d'autres moments il leur parle. Un peu. Avec du repos, de la rééducation et du courage, il peut aller mieux, ont dit les médecins. Mais la combinaison des médicaments, du choc, de la fragilité du cœur et de ce changement de vie soudain est rude. Il va lui falloir être bien entouré pour se sortir de là. Pour l'instant, il semble abandonner la partie.

La petite bande, elle, essaie de tenir bon. Après le premier séjour à l'hôpital, ils étaient allés manifester devant le ministère du Logement. Nombreux, munis de pancartes, ils avaient prévenu la presse et étaient restés des heures devant le bâtiment jusqu'à ce qu'on les reçoive. On avait fini par laisser entrer Rosa et Andréa, mais ils n'avaient rien obtenu, à part des paroles en l'air. « Notre politique de logement va s'améliorer, nous y travaillons, il faut être patient. » En attendant, aucune solution n'était apportée pour parer à l'urgence de la situation, pour Zé, mais aussi pour toutes ces familles, tous ces individus, quels que soient leur âge et leur niveau social.

Évidemment, les amis continuent à se battre, publiquement et juridiquement. Mais, ils le savent, les investisseurs ont gagné une bataille. Zé a quitté les lieux et ne pourra pas y retourner. Avec l'enfer qu'il y a vécu cette année, il n'y retrouvera jamais son élan de vie, c'est la mort assurée pour lui. Quant à le loger dans la banlieue de Lisbonne pour qu'il y crève en silence, ça n'est guère plus séduisant.

Alors ils ont réfléchi tous ensemble à une manière d'agir différemment. Il fallait qu'on en entende parler, que cela puisse toucher ceux qui viennent ici sans savoir le mal qui est fait à Lisbonne, et que cela dénonce non seulement les investisseurs, mais aussi les pouvoirs publics, complices par leur manque de régulation et par leurs autorisations. Menino était présent à chaque discussion. Pas question pour lui de rater une réunion qui pourrait aider son ami. Et puis, il avait sa petite idée, celle qui avait émergé autour de la table de cuisine, grâce à Fanny et Joséphine. Ces derniers temps, les idées n'ont pas manqué…

En allant récupérer les affaires de Senhor Zé, Menino et Joséphine ont trouvé dans sa chambre un carnet à dessins. C'était comme un trésor. Ils se sont assis sur le rebord du canapé, en le tenant bien fort dans leurs mains, puis ils n'ont pas résisté à la tentation de l'ouvrir. Ensemble, au milieu du vacarme des travaux, ils se sont plongés dedans. Sur la première page était écrit « LE CŒUR DE L'ALFAMA ». Avant d'oser continuer, ils ont échangé un regard ému et curieux. Puis ils ont découvert un visage, celui d'une vieille dame. Au-dessous, une rue, celle où elle avait habité, et une date, celle à laquelle elle était partie. À droite, ils ont reconnu un petit jeune de la philo. Et toujours, au-dessous, une rue et une date. Menino et Joséphine ont tourné les pages, la gorge serrée. Le carnet était rempli de Lisboètes qui avaient été chassés, des jeunes, des vieux… Sur les traits de chacun d'eux, on lisait la *saudade* portugaise. La bouche restait souvent plate, mais les pommettes, et parfois les rides, semblaient dire beaucoup de choses. Si elle les avait croisés, Joséphine aurait eu envie d'échanger des heures avec eux.

Le duo est arrivé à la réunion suivante de Tectos en brandissant sa trouvaille. Zé leur donnait un petit coup de pouce dans leur quête pour le sauver. Tout le monde était d'accord, il fallait partager ces portraits pour réveiller la compassion en chacun. Peut-être les reproduire en grand format sur les murs de Lisbonne ?

Dans le cœur de Menino, quelque chose s'est emballé, Joséphine l'a vu. Il était capable de faire ce travail, elle en était persuadée, mais certaines voix se sont élevées. Une artiste avait déjà rendu un tel hommage aux Lisboètes dans quelques ruelles. Malheureusement, le résultat lui avait échappé, cela avait attiré davantage de touristes et avait finalement d'autant plus chassé les habitants. Non, il fallait autre chose… Et cette autre chose, ils ont fini par la trouver et par s'y préparer.

Deux actions, dans deux endroits distincts, c'est deux fois plus de chances d'y arriver. Mais s'ils échouent ? L'excitation se mêle à la peur : c'est probablement leur dernière carte pour sauver leur vieil ami, il ne tiendra pas longtemps si on ne lui redonne pas envie, c'est certain.

Joséphine se lève et prend le chemin du retour vers son appartement, où elle va travailler à sa thèse et à l'organisation de leur plan, assise sur le lit, son ordinateur sur les genoux. La chambre est trop petite pour avoir un bureau maintenant qu'ils y ont installé le chevalet de Menino. Depuis qu'il est sans emploi, celui-ci passe ses journées à dessiner, quand il n'est pas sur son vélo.

Alors qu'elle pense à lui, un frisson la parcourt. Le soir, elle s'endort dans son petit lit une place avec un matelas vide à ses pieds et une furieuse envie que Spiderman fasse son entrée dans la chambre. Les jours qui passent la rapprochent encore plus de lui, ils deviennent très complices, mais elle ne perçoit aucun signe d'un amour naissant. Du moins… jusqu'à hier.

Ils ont passé la soirée dans un bar associatif inconnu des touristes. Dans une toute petite salle pleine à craquer, à l'ambiance tamisée, ils ont écouté un mélange de fado et de musique israélienne, assis sur des marches d'escalier. À côté d'eux, des livres de toutes sortes et des objets venus d'autres pays. Sous la lumière rose de la pièce, Menino avait le regard grave et mélancolique qu'il arbore chaque fois qu'il est ému.

Lorsqu'ils sont rentrés, il a commencé à retranscrire au crayon ce concert. Tandis qu'elle l'observait à l'œuvre devant son chevalet, il s'est interrompu pour lui montrer ses derniers dessins. L'un d'eux a glissé et a laissé découvrir une silhouette nue, qu'elle a cru reconnaître. Menino a vite retourné la feuille cartonnée. Joséphine n'a pas posé de question. Son ami a fait semblant de rien, mais son teint hâlé ne masquait pas ses joues rouges. Elle en est sûre maintenant, c'est son corps à elle qu'elle a aperçu. Et sur ce dessin, elle l'a trouvé beau.

37

Pierre est assis à la terrasse d'un café parisien qui fait face à la porte de Versailles. Il regarde passer les tramways en sirotant un jus d'orange frais. Il vient de penser au tram 28 et à son charme vieillot et authentique dont les engins en face sont dénués. Paris est sans doute une très belle ville, mais Lisbonne a quelque chose d'unique en Europe. Il s'y sent bien.

Ces derniers temps, il a même l'impression d'avoir retrouvé ses vingt ans. Flirter avec le danger le grise. Il passe son temps à parler de son travail comme de celui d'un bienfaiteur. Il affectionne tant ce rôle : donner des sommes importantes à des associations caritatives lisboètes, participer à des initiatives éducatives, lancer des invitations à l'Opéra pour séduire les Portugais et les nouveaux expatriés. Ses cocktails mêlant tout le petit monde qui gravite autour de lui se déroulent à la perfection, son image se redore, on oublie les bâtiments rasés, les rénovations ratées. Il exulte. Ses coups de fil secrets sont là pour lui rappeler le mal qu'il fait, mais il se sent comme au cinéma, dans un bon film d'espionnage. Il joue à merveille !

Le ticket de caisse que le serveur a déposé le surprend quelques secondes. Décidément, il s'est trop habitué aux prix de sa ville d'adoption. Il pense à tous les entrepreneurs français débutants, qui vivent de manière bien plus confortable à Lisbonne. C'est de cela notamment que Fanny va parler aujourd'hui, devant plus de trois cents personnes. Pierre parraine le Salon de l'immobilier portugais à Paris pour la quatrième année consécutive. Il a réussi à obtenir qu'elle y fasse une conférence en ce vendredi 17 mai. En l'attendant, il l'imagine en train de se préparer, le cœur battant. Elle doit être un peu nerveuse, mais, il le sait, elle sera brillante comme d'habitude.

Un bruit de talons résonne sur le pavé parisien – les siens, sans aucun doute. Une assurance mêlée de grâce. Elle porte sa jupe rouge et son rouge à lèvres assorti. Comme chaque fois qu'il a rendez-vous avec elle, elle tire une chaise, s'assoit, et c'est seulement à ce moment-là qu'elle lui dit bonjour. Pas de bise ni de poignée de main. Tout se passe dans le regard. C'est propre, c'est classe, c'est Fanny.

« Tu as des nouvelles de la Rua dos Remédios ? »

Quelle question ! Pourquoi maintenant ? Mais il ne faut pas sourciller. Alors il répond du tac au tac : « Oui ! Les travaux peuvent enfin prendre de l'ampleur, l'immeuble est vide. Ça a été long, mais quel soulagement !

— Bravo. On peut savoir comment le grand Pierre s'y est pris ? »

Il rit, sans être sûr de bien comprendre. D'habitude, quand elle est moqueuse, elle ne laisse planer aucun doute. Mais, cette fois, il sent une légère accusation dans sa voix.

« Nous avons donné un billet au petit vieux qui habitait là et il a accepté de partir.

— Aussi simple que ça ?

— On avait entamé des procédures, des négociations, mais cela traînait. J'ai fini par céder. Tu sais comment les choses marchent.

— Sûrement… On y va ?

— Tu vas être parfaite.

— Je sais. »

Les joues roses de Fanny trahissent un peu de stress, mais rien ne sert de vouloir la rassurer. De toute façon, elle est inatteignable, Pierre la connaît. Fanny et son indépendance… Mais il sait ce qui se joue pour elle ce matin. Le départ de Nuno a été un coup dur, et la concurrence devient vraiment difficile dans son domaine. Il y a de plus en plus de blogueurs et d'intermédiaires qui vantent les mérites de Lisbonne. Elle a l'avantage d'avoir été une des premières et d'avoir mené sa barque d'une main de maître, mais ça n'est pas suffisant : il faut qu'elle continue à œuvrer pour se faire connaître à plus grande échelle. Il est heureux de lui offrir cet espace aujourd'hui. C'est du *win-win*, comme il se plaît à dire, tout le monde en sort grandi !

Lorsqu'ils pénètrent dans le grand barnum de la porte de Versailles, il y a déjà du monde. Pierre a mis une distance entre elle et lui. Il préfère qu'on ne les voie pas ensemble, pour que l'intervention de Fanny garde toute son authenticité. Il la suit des yeux. Son poulain. Ils font de belles choses tous les deux. Ils ne sont pas amis, elle reste toujours sur ses gardes depuis le premier jour. Le travail, c'est le travail, et elle ne fait pleinement confiance qu'à elle-même. Déroger à cette règle une fois semble lui avoir suffi, Nuno lui a laissé un goût amer. Un jour, peut-être, Pierre lui fera une offre. Fanny aurait toute sa place dans la direction de Lisboa Nova. Mais pour l'instant c'est un peu tôt, il est important qu'elle continue à faire ses armes.

Il l'observe traverser le Salon la tête haute. Certains regards se retournent sur son passage, qu'elle fait mine de ne pas voir, mais elle semble fière de son effet.

Une fois dans la salle, Pierre se choisit une place après les premiers rangs destinés à la presse, et au milieu. Fanny prend ses marques sur scène, on lui apporte une petite bouteille d'eau, et un technicien vient la voir pour régler les derniers détails. Il vérifie son micro, la manette pour faire défiler les photos, et ils échangent quelques mots.

Une voix résonne dans les haut-parleurs du Salon, qui invite le public à venir s'installer pour la conférence. Fanny prend une grande respiration. Sur son pupitre, elle pose les feuilles dont elle n'aura probablement pas besoin, et file derrière le rideau, en attendant que tout le monde prenne place. Pierre l'imagine à se remémorer les premiers instants de son arrivée à Lisbonne. Elle se sentait comme une exploratrice qui découvre une nouvelle contrée, tout comme lui. Ceux d'aujourd'hui ne pourront pas revivre ça, cette expérience lui appartient et elle ne la partagera pas. Mais tout le reste, oui.

Le moment est venu. Fanny fait son entrée, appuie sur la manette et affiche à l'écran une photo de Lisbonne avec en arrière-fond le pont du 25-Avril, celui qui donne à la ville sa touche américaine, comme un présage de ce qu'elle s'apprête à devenir : une future San Francisco où bouillonnent les esprits technologiques.

À ses paroles s'ajoute un fond sonore moitié *lounge*, moitié *punchy*, qui retranscrit bien l'effervescence et la tranquillité de leur ville d'adoption. *I Feel It Coming*. Elle est douée, cette femme. Pierre sent venir tout le succès qui découlera de cette conférence.

Les portraits défilent de Français qui se sont installés dans tous les corps de métier : startupers, architectes, restaurateurs, artistes, artisans, ingénieurs, commerçants, il y a de tout, même des retraités. Fanny veille au rythme de la présentation, en projetant aussi des photos des recoins cachés de Lisbonne et du Portugal tout entier. Ceux qu'elle a découverts avec Nuno sans doute. Elle ne dit pas où ils se trouvent, pour préserver leur authenticité, et pour que chacun puisse faire son expérience. Pierre aime que Fanny ait gardé un peu de magie. C'est touchant et sincère, comme si elle n'avait rien à vendre. Vingt minutes s'écoulent durant lesquelles elle est simplement une raconteuse d'histoires.

Dans l'assemblée, chacun se projette. Ils doivent être nombreux à chercher un ailleurs, une autre façon de vivre, une échappatoire. Marre de la grisaille, du bruit, marre de travailler si durement pour si peu. Elle est celle qui ouvre une porte sur leurs rêves. L'atmosphère est chargée d'espoirs. Parfois même, elle décroche une cascade de rires ou de murmures admiratifs.

La musique s'estompe. Fanny se fige. Des applaudissements commencent à retentir. Mais la position de son corps montre qu'elle n'a pas terminé. Un portrait dessiné d'un petit vieux apparaît à l'écran. Le silence règne. On entend alors les notes d'un piano sortir des coulisses. La musique est prenante, l'émotion gagne la pièce.

Le rideau se lève et Pierre découvre le visage de la pianiste. Viviane. Cette femme qu'il a prise dans ses bras avec fougue un soir d'été, dans laquelle il s'est perdu le temps d'une nuit, et qu'il n'a jamais revue depuis lors. Tout de suite il s'imagine la saisir, l'embrasser, l'allonger sur le piano et lui faire l'amour. Mais il pâlit : sa présence ici n'est pas bon signe. Il l'a vue à la télé aux côtés de ceux qui défendent les expulsés. Sa gorge se serre. Le rythme de la musique ralentit. Fanny reprend la parole.

« Après vous avoir fait découvrir toutes ces *success stories* françaises, je vais maintenant vous raconter l'envers du décor, ce qui se passe dans l'ombre pour les Portugais. Voici l'histoire de Senhor Zé, et je dédie ce moment au dirigeant de Lisboa Nova. »

Elle ne peut pas faire ça, c'est impossible, elle aussi y perdrait tout ! Pierre s'enfonce dans son fauteuil alors que ces deux femmes qu'il admire tant s'apprêtent à démonter une partie de sa vie sans sourciller. Il fait signe à la technique d'arrêter tout, mais le gars semble prévenu. Il est de mèche ! Et maintenant, comment les arrêter sans leur donner raison ?

Les dessins défilent sur l'écran. Le quotidien du petit vieux dans son quartier, le café du matin, le journal de l'après-midi dans l'épicerie, les réunions avec les étudiants de philo. Puis, un jour, la lettre. Fanny raconte, et les dessins donnent vie à ses mots. Pierre ne reconnaît pas ce trait ni la signature : João. Pourtant, les artistes lisboètes, il les connaît, il en a même converti quelques-uns à sa cause. Celui-ci lui a échappé.

Il voudrait sortir avant d'en savoir plus, mais ses voisins de gauche et de droite l'empêchent de le faire discrètement. Le piano accompagne les mots de Fanny. La tension et la colère s'expriment dans les notes de Viviane. Ce sont les travaux, la chute, l'hôpital. Dans la salle, tout le monde est abasourdi. Fanny tient son public. Il faut qu'il parte. Il se lève, demande pardon, et prend la fuite.

Aujourd'hui, il a échappé à l'exposition publique, sans doute parce qu'elles le voulaient bien. Même dans l'adversité, ces deux femmes restent élégantes. Mais demain, son portrait sera dans tous les journaux. Lisbonne, c'est fini pour lui, il va lui falloir trouver un autre cap.

38

Rosa, Andréa, Joséphine, Linda et Menino avaient attendu les premiers retours journalistiques pour lancer l'assaut à Lisbonne. Ceux-ci n'avaient pas tardé, et déjà à midi la presse portugaise se faisait le relais des médias français sur Internet. Ce vendredi après-midi consacrait la victoire de Senhor Zé.

Raquel, en charge du logement à la mairie de Lisbonne et sortie de sa dépression, était au chevet du petit vieux dans sa chambre d'hôpital. Les télévisions étaient présentes, et ça n'était plus un seul logement qu'elle lui promettait, mais tout un programme d'une centaine d'appartements pour les expulsés de l'Alfama. Il n'en avait pas fallu plus pour que Senhor Zé retrouve sa bonhomie et son entrain. Il était maintenant un héros, celui grâce auquel d'autres âmes portugaises allaient pouvoir continuer d'habiter Lisbonne.

Les amis de Tectos avaient célébré leur succès et versé quelques larmes peut-être. Même si, ils le savaient, ça n'était qu'un pas, ça n'était qu'un quartier d'un Alfama déjà vidé, ça n'était qu'un seul investisseur… Il faudrait continuer à lutter contre tous ceux qui ne respectaient pas la ville, et aux côtés de tous ceux qui se faisaient chasser. Mais cette bataille était la preuve que l'on pouvait agir. Fanny avait été la grande surprise de toute cette histoire. Au fond, ces mondes se côtoyaient sans vraiment se connaître. Lorsqu'ils se rencontraient, l'alchimie pouvait opérer.

Viviane et Fanny s'étaient séparées à l'aéroport de Lisbonne. Pas de grandes embrassades ni d'effusions, simplement un profond respect dans le regard de chacune.

Fanny allait prendre un nouveau départ. Elle ne savait pas encore où ni comment, mais au fond c'était ce qu'elle aimait, s'aventurer, explorer, défricher. Cette fois, elle apprendrait à connaître les gens du coin avant de se lancer dans une nouvelle affaire, en France ou ailleurs. Elle avait appelé Nuno pour lui dire au revoir. Un dernier échange, sans « Je t'aime ». Ils ne se l'étaient jamais dit, mais elle l'avait maintenant compris, ils s'étaient aimés. Pour la première fois de sa vie, elle ne s'était pas trompée en amour. « J'ai revu ma mère », lui avait-il dit. Un sourire de victoire s'était affiché sur les lèvres de Fanny. Il pouvait avancer. Il projetait d'emmener sa mère aux Açores. Ensemble, ils redémarreraient peut-être une nouvelle vie, plus paisible. Ils tentaient leur chance de rattraper le temps perdu, Fanny nourrissait de l'espoir pour eux. Et qui sait, Nuno et elle se retrouveraient peut-être un jour.

Viviane, malgré ses désirs d'ailleurs, avait finalement décidé de rester. Cette victoire collective lui avait redonné du cœur à l'ouvrage. Il fallait continuer. Lisbonne avait besoin d'elle, comme elle-même avait eu besoin de Lisbonne à son arrivée.

Les jours suivants, Pierre avait commencé à vendre tous ses actifs portugais. À des Chinois, des Russes, des Américains, qui rêvaient d'acquérir la nationalité européenne. Il était en train de régler toutes les formalités avec son cousin et associé qui le maudissait, et ses employés qu'il laissait sur le carreau en fermant le bureau de Lisbonne. Il lui restait tant de biens ailleurs… et les idées de pays à conquérir ne manquaient pas. Il faudrait se faire un peu discret au début.

Il avait réussi à négocier avec la Ville et le gouvernement que les poursuites pour harcèlement tombent dans l'oubli. Il valait mieux ne pas décourager les autres investisseurs avec un procès médiatique. Il pourrait bientôt s'en aller, le cœur presque léger. Il partait sans sa femme, qui avait demandé le divorce. Au quotidien, c'était une bonne mère, elle se débrouillerait bien sans lui avec une bonne pension. Il s'arrangerait pour que sa fille puisse venir le voir en vacances et tout irait bien.

Un mois presque s'était écoulé. La nuit du 12 au 13 juin était arrivée, Joséphine, Menino, Viviane, Rosa, Andréa et Linda s'étaient retrouvés pour célébrer Santos Populares, la plus importante fête de Lisbonne.

De grandes guirlandes colorées étaient accrochées aux immeubles de la vieille ville, des lumières aussi mettaient les rues en fête, des sardines grillaient partout, tout le monde buvait, mangeait, riait. Les vieux, les jeunes et les enfants se mêlaient les uns aux autres, personne ne pouvait manquer ce rendez-vous, même si c'était devenu moins authentique, plus touristique qu'avant.

Il y avait beaucoup trop de monde, mais Joséphine était heureuse de vivre ça. Elle observait Rosa et

Andréa qui se tenaient la main du bout des doigts. C'était nouveau. On avait proposé à son amie de s'impliquer dans la vie politique, mais elle avait refusé. Elle préférait agir en toute indépendance, en simple citoyenne, pour tenter de sauver sa ville.

La foule pressait Joséphine contre Menino, elle sentait pour la première fois la chaleur de son corps. Le matin, elle avait appelé son directeur de thèse, il l'autorisait à rester une année supplémentaire au vu de ses travaux passionnants. Elle n'en avait parlé à personne pour l'instant. Il lui restait encore un mois avant de se décider. Un mois pendant lequel le souvenir de la chaleur de Menino ne la quitterait pas.

39

Nous sommes à Lisbonne un vendredi soir de juillet 2019. Le soleil se couche pendant qu'un mince croissant de lune apparaît dans le ciel.

Com um brilhozinho nos olhos résonne dans les haut-parleurs du hall d'arrivée de l'aéroport. La flûte, les percussions et la guitare se mêlent dans un air de fête. Une musique parfaite pour accueillir les passagers. Sérgio Godinho est sans conteste le meilleur pour faire ressentir ce qu'est le Portugal.

Le petit bistrot qui vend des *pastéis de nata* est encore ouvert, pour ceux qui attendent leurs proches et qui les gâteront avec cette petite gourmandise encore chaude.

Par la grande porte automatique débarquent des Français d'origine portugaise, des Portugais partis vivre ailleurs qui viennent passer leurs vacances au pays, des Allemands, des Italiens, des Espagnols, des Anglais, des Français, qui sont là pour un week-end ou une semaine de découverte, ou encore ceux qui se sont installés ici. À droite, on reconnaît un groupe d'enterrement de vie de jeune fille : elles portent toutes des oreilles de lapin sur la tête. Pas très loin d'elles, une autre bande, d'enterrement de vie de garçon cette fois : ils ont enfilé un slip à lapins par-dessus leur pantalon. Les roulettes de centaines de petites valises accompagnent la musique de Sérgio.

Pierre est dans le hall des départs. Dans quelques heures, il aura tiré un trait sur quatre ans de sa vie. Quatre années pendant lesquelles il a accompli de grands changements pour Lisbonne, malgré les petits aléas. Faire évoluer les choses s'accompagne forcément de dommages collatéraux, c'est ainsi.

Il déguste son dernier *pastel de nata* tout en lisant un mot de sa fille. Voilà le plus dur à affronter. Plus que l'indignation de tous ceux avec qui il a travaillé, plus que la colère de sa femme, c'est le regard de sa fille au moment de son départ qu'il gardera en mémoire toute sa vie, et qui réveillera toujours une profonde culpabilité.

Il repense à Viviane et à Fanny, au feu qui brûle en chacune d'elles. Il les admire et ne leur en veut même pas. Il était temps de tourner la page, il allait bien finir par se lasser. Après des années à se faire connaître, à tisser son réseau, à mettre en place ses plans parfaits, tout était rodé. Il n'y avait plus que le goût du danger pour le faire vibrer. Il doit bien y avoir un autre Portugal quelque part, une contrée encore inconnue de tous, mais qui ne demande qu'à être modernisée, visitée, aimée. Lorsque la voix annonce l'embarquement, il prend son attaché-case et se lève. Une dernière fois, il se retourne : « Merci Lisbonne, tu m'as tant donné. »

Nuno est à Curraleira. Avant de quitter son appartement, il en a confié le bail à Menino, celui qu'il a pris pour frère ces dernières années. Ils se sont promis de se revoir vite.

Nuno est en train d'aider sa mère à récupérer les affaires qui lui restent, dans le taudis qui l'a vu naître. Il lui a fallu revoir le lieu de l'accident, sentir l'odeur de la misère, recroiser ceux qu'il avait connus. À son grand étonnement, tout le monde l'a salué. Ensemble, ils ont mis la grosse valise dans un taxi à côté de celle de Nuno, pour filer en direction de l'aéroport. En refermant la porte de son ancien chez-lui, Nuno s'est tourné vers sa mère : « Je l'aimais tant, Maman, il était toute ma vie.

— Vous êtes toujours toute ma vie, mes deux garçons. »

Il aurait voulu la prendre dans ses bras, mais l'élan n'est pas venu. Il ne sait pas encore bien faire avec elle. Il s'en veut. Il lui en veut aussi. Là-bas, loin, ils auront le temps de parler, de vider leurs cœurs de tout ce qui les étouffe. Un jour, peut-être, il lui pardonnera. Un jour, peut-être, il se pardonnera. Et alors sans doute il ira mieux.

À l'autre bout de la ville, dans le Bairro Alto, Fanny aussi met sa vie dans une valise. Elle laisse tous les meubles pour les locataires, des Portugais à qui elle va louer sur une longue durée. En attendant de savoir ce qu'elle va faire, ses deux appartements l'aideront à assurer le quotidien. Plus tard, elle les vendra peut-être, si le besoin d'un apport financier pour son futur projet se fait sentir.

Seul l'essentiel peut loger dans son bagage, le reste est parti en vide-dressing sur Internet ou auprès d'amis. Elle dispose sa jupe rouge tout au fond, son chemisier en soie, sa robe légère, son grand manteau. Chaque vêtement la ramène à un souvenir avec Nuno. Elle prend le temps de se remémorer, de dire au revoir aux bons moments qu'ils ont vécus.

Elle a effacé tout le contenu de son site et n'a laissé qu'une adresse mail pour la joindre. Le nombre de visites a explosé depuis la conférence. Elle est sollicitée de toutes parts pour témoigner sur Lisbonne, mais elle a refusé. Une petite envie est née, cependant : celle d'investiguer et de témoigner. Peut-être qu'elle s'inventera un futur de journaliste.

Elle a dit au revoir à ses amis. Certains l'ont regardée de haut. Démonter un Français au Portugal, ça n'est vraiment pas correct. D'autres l'ont remerciée de leur avoir ouvert les yeux. Elle ferme sa valise, prête à laisser une partie de son passé derrière elle, mais sans jamais l'oublier. Lisbonne et Nuno resteront gravés dans son cœur.

De l'autre côté de l'avenue Almirante Reis, toute la bande d'amis est en train de se préparer. Ce soir, c'est le grand soir. Ensemble, ils ont imaginé un événement éphémère. Ils n'ont pas prévenu la presse, n'ont pas fait de publicité ni de demande d'autorisation, ils ne filmeront pas. De cette soirée, il ne restera que les souvenirs, et ce que les smartphones alentour capteront malgré eux. C'est ainsi qu'ils l'ont voulu pour ne pas attirer plus de monde. Leur public sera les passants qui se trouveront là, dans les rues de la vieille ville et au bord du Tage : ceux qui chaque jour sont déversés des bateaux de croisière par centaines, ceux qui arpentent les rues de Lisbonne à pied, en engins à roulettes électriques, en *tuk tuk*, ceux qui habitent le Portugal et en connaissent mieux les terrasses de café que la langue. Ils les surprendront en leur racontant le Lisbonne des Lisboètes.

Rosa enfile un décolleté noir, celui qu'elle gardait depuis des années pour une grande occasion et qu'elle n'a jamais osé mettre. Andréa vient de le dénicher dans son placard. « *Ma che bella !* », s'écrie-t-il.

Tout à l'heure, elle sera encore celle qui rassemble. Grâce à ses réseaux, elle a réussi à mobiliser des centaines de personnes. Entièrement vêtues de noir, à 23 heures, elles se figeront les unes à côté des autres en une chaîne humaine, le long du Tage et des ruelles de la vieille ville. Elles porteront pour les unes une flamme, pour les autres un grand dessin ou encore un écrit. Andréa et elle feront la coordination, comme deux chefs d'orchestre.

Pendant que sa mère et son nouvel amoureux se préparent, Joaquim les observe. Dans une minute, ses grands-parents viendront le chercher pour l'emmener manger une glace et dormir chez eux. Il s'approche de sa mère et touche son ventre, la main d'Andréa vient se poser sur la sienne. Tous trois s'embrassent et se sourient. Bientôt, le petit être qui les rejoindra fera d'eux une famille. Tout est allé très vite, mais qu'y peuvent-ils s'ils sont enflammés ?

Senhor Zé et Viviane patientent en sirotant une limonade à la terrasse d'un café. Plusieurs amis vont bientôt leur prêter main-forte pour sortir le piano, le hisser sur ses roulettes et le faire naviguer au gré des flammes.

Viviane a composé des morceaux spécialement pour l'occasion, tout comme elle l'avait fait lors de la conférence. Ces deux événements lui ont permis de se lancer dans l'écriture musicale. Voilà longtemps qu'elle en rêvait, Lisbonne lui inspire tant de mélodies.

Senhor Zé est requinqué. Ses chemises à manches courtes lui vont de nouveau à merveille, sa moustache se soulève lorsqu'il rit et ses rides dessinent sa bonne humeur. Il a donné plus d'interviews qu'il ne s'en pensait capable, est devenu le héros des jeunes et a attiré la jalousie de ses voisins de l'Alfama. Pour la première fois, ses dessins seront exposés en public. Ce sont ses portraits des Lisboètes expulsés qui seront portés en silence, ceux-là mêmes que ses deux amis avaient trouvés chez lui comme un trésor. Il est fier et le montre avec un sourire qui dit aussi toute son humilité.

Ils échangent un regard affectueux avec Viviane, se prennent la main et lancent en chœur : « C'est l'heure ! »

Menino et Joséphine sont sur la place du Commerce, au bord du Tage.

Depuis des semaines, elle est allée recueillir avec d'autres l'histoire de Lisbonne, de ses rues, de ses gens, de ce qui n'est plus, de ce qui perdure. Elle est partie à la recherche des expulsés ou de leurs familles. Ses textes ont été imprimés et seront portés aux côtés des dessins de Senhor Zé et de ceux de Menino : lui, a recréé le Lisbonne d'avant. Ses ruelles, ses anciens cafés et ses petites échoppes aux façades défraîchies. Ce soir, Joséphine est un peu Joséphine Baker, elle ne chantera pas *J'ai deux amours*, mais elle est une petite flamme de la résistance, qui tente d'aider son pays d'adoption à survivre. Elle marque l'histoire sans laisser de trace. Elle est elle-même et cela lui suffit.

« T'es sûre, petite *Frenchie*, tu ne veux pas devenir aussi célèbre que moi ? » Menino a dit ça en plaisantant, mais depuis la conférence Fanny lui a transmis quelques demandes de collaboration, adressées à João.

« Il est temps que tu te crées un site, je ne vais pas toujours faire l'intermédiaire ! En revanche, excuse-moi, mais quelle idée d'avoir choisi João comme pseudonyme alors que la moitié du Portugal s'appelle comme ça ! » Elle ne savait pas que c'était son prénom. Personne ne le savait.

Joséphine est assise à quelques mètres de lui, sur les rochers qui bordent le Tage, les yeux rivés sur le va-et-vient de l'eau. Dans sa tête résonnent les paroles de Bashung. *Osez, osez, Joséphine*. Elle s'est décidée à rentrer dans une semaine si rien ne se passait entre eux deux. *Osez, osez, Joséphine.* Ce soir est le bon moment. Elle se tourne vers lui, décidée à agir, mais ne le voit pas. Les paroles du chanteur s'apprêtent à partir en fumée lorsqu'une main attrape la sienne. « Viens, *fofa*, on va danser. »

Ils se lancent, maladroitement, joyeusement, au rythme d'une musique qui se joue à côté d'eux. Elle pose sa main derrière son épaule et l'attire à elle, en pressant son torse contre le sien. Il pose sa main sur sa hanche et la rapproche encore de lui. Il ne reste plus de vide entre eux. Leurs lèvres se touchent, leur souffle s'accélère. Ils s'embrassent. Le monde peut bien continuer de tourner, eux se sont arrêtés.

« J'ai oublié de te dire, tu ne peux pas repartir, ma famille nous attend à déjeuner pour mon anniversaire. » João la tient fermement et pointe son bras vers les étoiles. « Et maintenant, accroche-toi, *fofa*, Spiderman t'emmène loin là-haut ! »

Ce soir, c'est le grand soir.

Un croissant de lune brille au-dessus du Tage. Dans quelques instants, des centaines de personnes immobiles raviveront la flamme de Lisbonne. Un cordon humain reliant la place du Commerce à l'Alfama portera fièrement et humblement le visage, l'histoire et la musique de ceux qui depuis toujours font l'âme de Lisbonne : les Lisboètes.

Remerciements

Merci,

à vous, lecteur, lectrice, de m'apporter tant de joie,

à Miguel et à Diana, sans qui ce livre n'existerait pas,

à tous ceux qui m'ont conté l'histoire de Lisbonne et la leur, grâce à qui ce roman touche de si près la réalité de ce que vit cette ville. Une pensée spéciale pour Ana, Rita, Antonio, Senhor Antonio, Catherine, Marie, Camille, Carole, Paula, Luis, Ricardo, Francisca, Camilla, Francisco, Joni, João, Vanessa, Lucie et Bertrand,

aux associations qui luttent pour que Lisbonne perdure : Habita, Stop Despejos, Morar em Lisboa,

à Martine, Annabelle et Julie de m'avoir accueillie tout au long du travail d'écriture, à mes amis et ma famille, pour leur soutien indéfectible,

à ces années d'improvisation (et à mes anciens partenaires de scène) qui m'aident à laisser les personnages s'emparer de l'histoire et en changer le cours,

à Stephen, mon éditeur, d'avoir toujours eu les mots justes pour me transmettre la confiance et l'énergie d'avancer dans cette grande aventure du premier roman,

à Daria de donner vie à mes livres avec autant de sensibilité et de talent,

à tous les passionnés qui font vivre ce livre et tant d'autres : les Éditions Anne Carrière (et ceux qui en font l'âme, Astrid, Julia, Yasmina, Sophie, Assia, Anne, Stephen, David, Jérémie), et les auteurs du collectif, les représentants et représentantes de Media Diffusion, les chroniqueuses et chroniqueurs, et en bout de chaîne, les libraires, pour leur soutien et le travail qu'ils accomplissent au quotidien,

à cet homme épris de liberté qui aime une femme éprise de liberté, même lorsqu'elle s'en va des semaines au bout de l'Europe parce qu'une histoire l'y appelle.

Ouvrage composé par
PCA 44400 Rezé

Imprimé en Espagne par
Liberdúplex
à Sant Llorenç d'Hortons (Barcelone)
en mai 2021

POCKET - 92, Avenue de France - 75013 Paris

S31577/01